피라미드

세계문학전집
2 1 2

Ismaïl Kadaré : La Pyramide

피라미드

이스마일 카다레 장편소설

이창실 옮김

문학동네

일러두기

1. 번역 대본으로는 *La Pyramide*(Ismaïl Kadaré, Fayard, 1993)를 사용했다.
2. 주석은 모두 옮긴이주다.
3. 본문 중 고딕체는 원서에서 이탤릭체로 강조한 부분이다.

차례 ▋

I
발단:
공들여 채택된 옛 구상

　어느 늦가을 아침, 왕위에 오른 지 몇 달밖에 안 된 새 파라오 쿠푸가 어쩌면 자신은 피라미드를 만들지 않을 수도 있다는 암시를 흘리자, 이 말을 듣고 있던 왕궁의 점성가와 파라오의 최측근인 대신 몇 명, 늙은 고문관 우세르카프, 그리고 대제사장으로서 이집트의 건축물을 총지휘하는 헤미우누는 무슨 재앙의 소식이라도 들은 양 얼굴이 어두워졌다.

　그들은 파라오의 말에서 농담의 기미를 간파해낼 수 있을지도 모른다는 희망을 품고서 잠시 파라오의 표정을 조심스럽게 살폈고, 이어 한 사람씩 차례로 의사를 표명해야 하는 순간에 이르러서는 파라오가 웅얼거리듯 던진 어쩌면이라는 말을 떠올리며 용기를 내보려고 했다. 그러나 쿠푸는 속내를 알 수 없는 표정을 짓고 있었고, 방금 전 파라오가 한 말은 젊은 군주들이 간식을 먹다가 내뱉는 그런 대수롭지 않은 망언일지 모른다는 그들의 기대도 점차 사라져갔다. 이집트에서 가장 오래된 신전 두 곳을 폐쇄한 것이 몇 주 전의 일인데다, 그 직후에는 이집트인들에게 희생 제의를 금하는 법령까지 제정되지 않았던가.

쿠푸 역시 그들의 안색을 살폈다. 파라오의 번득이는 눈빛은 그들을 조롱하며 이렇게 말하는 것 같았다. 이것이 그대들에게 그토록 상심할 만한 일이란 말인가? 마치 내 피라미드가 아닌 그대들 자신의 피라미드를 두고 괴로워하는 것 같군! 저런, 벌써 비굴한 표정으로 일그러진 저 낯짝들하고는! 장차 내가 나이가 들어 더 완고해지면 어쩌려고?

파라오는 아무 말 없이 그들에게 눈길 한 번 주지 않은 채 일어나 자리를 떴다.

그들끼리만 남게 되자 다들 착잡한 얼굴로 서로를 돌아보았다. 대체 이게 무슨 일인가? 그들은 중얼거렸다. 이 무슨 재앙이란 말인가? 한 대신은 심기가 불편해 테라스 벽에 몸을 기대야 했다. 대제사장의 눈에는 눈물이 맺혔다.

바깥에서는 모래가 바람에 날려 뒤틀리며 소용돌이쳤다. 그들은 이 모래기둥들이 빙글빙글 돌며 하늘을 공략하는 모습을 얼빠진 얼굴로 지켜보았다. 아무도 입을 열지 않았지만 그들의 두 눈만은 이렇게 말하는 듯했다. 아, 지존이시여, 당신은 어느 계단을 올라 저 위에 도달하려 하시나이까. 그날이 오면 어떻게 저 하늘까지 오르시어 다른 모든 파라오들처럼 당신 또한 별이 될 수 있겠습니까. 어떻게 당신께서 우리를 환히 비추실 수 있겠나이까.

그들은 작은 목소리로 몇 마디 이야기를 주고받은 뒤 헤어졌다. 그들 가운데 둘은 왕태후 켄트카우스에게 면담을 요청하러 갔다. 다른 하나는 그곳을 나와 취하도록 술을 마셨다. 그러나 보다 신중한 이들은 애꾸눈의 늙은 서기 이푸르를 만나러 고문서들이 보관되어 있는 지하실로 내려갔다.

그 가을 내내 피라미드에 대한 이야기는 더이상 나오지 않았고, 쿠푸가 사절들을 접견할 때도 마찬가지였다. 그런 자리에서 쿠푸가 거나하게 취해 일국의 군주가 이방인들 앞에서 꺼내서는 안 될 말들을 무심코 내뱉을 수도 있었는데 말이다.

쿠푸에게서 이미 심중의 계획을 들었던 이들은 그 말이 그저 가벼운 농담에 불과하기를 바라며 그 일을 더는 들먹이지 않는 편이 낫겠다고 여겼으니, 긁어 부스럼을 만들지만 않는다면 저절로 잠잠해지리라는 생각에서였다. 하지만 정반대의 가정이 너무나 끔찍했던지라, 그들은 그런 상황에 어떻게 대처해야 할지 밤낮없이 고심에 빠졌다.

고무적인 징후를 전혀 엿볼 수 없었음에도 왕태후에게 여전히 희망을 거는 이들이 몇몇 있긴 했지만, 대다수는 고문서 뒤지는 일을 멈추지 않았다.

그 일에 몰두할수록 작업은 점점 더 미궁으로 빠져드는 것 같았다. 상당수의 파피루스가 유실되거나 훼손되었고, 그나마 존재하는 문서들마저 많은 경우 여백에 적힌 상부의 지시라는 언급과 함께, 혹은 아무 설명도 없이, 글귀의 일부가 지워지거나 잘려나간 상태였다.

그렇게 훼손됐을지언정 그 파피루스들에서 온갖 정보가 새어나왔다. 피라미드와 관련된 거의 모든 것이 그 안에 들어 있었다. 원래 묘소들과 그 전신인 사다리꼴 분묘 마스타바들, 첫번째와 두번째와 다섯번째 피라미드의 역사 및 잇따른 수차례의 개조, 토대 확장과 증축 작업, 비밀에 부쳐진 시신의 방부처리 방식, 처음 당한 도굴과 이런 신성모독행위를 막기 위한 방침들, 입구 폐쇄용 화강암덩이 및 돌 운반과정에 대한 다양한 증언들, 십장들을 이런저런 고관으로 승격시킨 칙령들, 주요 유적들, 사형선고, 불가해한―혹은 고의적으로 해독 불가능하게 그려놓은―밑그림 등등.

이 모두가 그런대로 명료했지만, 그들이 집요하게 찾는 대상은 파피루스 더미 사이로 줄기차게 빠져나가 여기저기서 모습을 드러내다가도 달음질치는 전갈처럼 곧 숨어버렸다. 그들은 피라미드의 탄생을 주도한 관념과 수수께끼 같은 그 존재이유를 추적했으나 도무지 시야에 잡히질 않았다. 그것은 주로 파피루스의 지워진 부분들에 숨어 있다가 가끔씩 표면에 떠오르곤 했는데, 그나마도 전광석화 같은 순간에 지나지 않았다.

그 정도의 지적 노력을 쏟아부어야 했던 적이 한 번도 없었던 그들은 머리가 지끈거렸다. 그럼에도, 추적 대상이 그렇게 시야에서 계속 달아났음에도, 그들은 조금씩 그 실체를 파악하기에 이르렀다. 대상 자체는 아닐지언정 그 그림자만이라도.

그것과 관련해 그들은 오랫동안 이야기를 나누었고, 그러면서 놀랍게도 자신들이 무얼 찾는지 이미 완벽히 알고 있다는 사실을 깨달았다. 그들은 피라미드의 본질과 근본이념, 존재이유가 무엇인지 줄곧 알고 있었던 것이다. 그것은 말로 표현할 수 없고 생각조차 할 수 없는 형태로 그들 머릿속에 자리잡고 있었다. 고문서 보관소의 파피루스들은 그저 말과 의미로 그것을 감싸고 있을 뿐이었다. 그림자를 그렇게 감쌀 수 있다면 말이지만.

모든 것이 아주 명백하다고, 대제사장은 파라오와의 접견을 앞둔 마지막 비밀회동에서 말했다. 우리는 이미 문제의 핵심을 알고 있었다고. 그게 아니라면 파라오가 그 말을 꺼냈을 때─떠올리고 싶지도 않은 순간이지만─그렇게까지 불안해하지도 않았을 거라고.

이틀 뒤, 그들은 불면으로 초췌해진 시무룩한 얼굴로 쿠푸를 알현했다. 파라오도 그들과 마찬가지로 어두운 표정이었다. 잠깐 사이 그들의 마음속에 의심이 스쳐지나갔다. 혹시 파라오가 그 모든 일을 잊어버린 건 아닐까. 자신들이 공연히 불을 지피고 있는 셈은 아닐까. 그 사이 대제사장이 말을 꺼냈다. "소신들은 폐하께서 언급하신 폐하의 피라미드 건축과 관련해 면담을 하고자 이렇게 왔나이다." 그러나 쿠푸는 놀라움도 두려움도 드러내지 않았을 뿐 아니라 무슨 이야기인지 묻는 수고조차 하지 않았다.

그대들의 말을 듣고 있노라, 하는 의미로 그저 보일 듯 말 듯 고개를 끄덕일 뿐이었다. 그러자 대제사장을 필두로 한 사람씩 차례로 입을 열었다.

장황하고도 열성적으로, 그들은 파피루스를 뒤적이다가 알게 된 사실들을 모조리 보고했다. 지나치지도 모자라지도 않게 정확히 해야 할 말만 하고 있는지 줄곧 신경쓰고 불안해하면서. 파라오 조세르가 만들었던, 높이 25큐빗*밖에 안 되는 첫 피라미드에 관한 이야기도 나왔

---

* 고대이집트에서 사용한 길이의 단위로 1큐빗은 45~72센티미터다.

다. 파라오 호루스 세켐케트는 자신의 피라미드 초안을 내놓은 설계가에게 노여움의 매질을 가했는데, 이유인즉슨 그 피라미드가 너무 낮다고 생각해서였다. 그후 피라미드 초안에 다양한 수정이 가해졌으며 그일을 맡은 이들 가운데 설계가 임호테프가 단연 두드러진다는 것, 그리고 회랑이며 석관을 모시는 방이며 비밀통로뿐 아니라 그것들을 폐쇄한 화강암덩이들에 대한 설명이 이어졌다. 파라오 스네프루는 피라미드를 세 개나 만들었는데, 그중 하나는 모서리가 500큐빗에 높이가 300큐빗이나 되는 엄청난 크기의 피라미드라는 얘기도 나왔다.

숫자가 언급될 때마다, 그런 세부 사항들이 대체 나와 무슨 상관이 있느냐며 파라오가 끼어들지 않을까 그들은 생각했다. 충분히 그럴 수 있으리라 믿었기에, 파라오가 여전히 입을 다물고 있자 대제사장이 쉰 목소리로 덧붙였다. "이런 세부 사항이 무슨 쓸모가 있느냐고 폐하께서 물으실 수도 있겠지요. 지당하신 생각입니다…… 폐하께는 쓸모없는 이야기로 보일지 모르겠습니다만, 사실 이건 문제의 핵심에 닿기 위한 전 단계에 불과합니다."

파라오의 침묵에 용기를 얻은 그들은 문제의 이 핵심적인 측면을 계획했던 수준보다 훨씬 장황하게 늘어놓았다. 단 한 마디 실수도 범하지 않고 자신들이 조사한 내용들을 설명해나갔다. 피라미드는 거대한 묘소임에 틀림없지만, 그걸 만들게 된 원래의 의도에 무덤이나 죽음은 전혀 포함되지 않는다고. 그런 것들과는 별개로, 즉 그 두 개념과 상관없이 피라미드는 탄생했고, 그 둘과 피라미드를 연결짓게 된 건 순전히 우연에 불과하다고.

처음으로 쿠푸의 얼굴이 동요하며 생기를 띠었다. "이상하군!" 그가 고개를 끄덕이며 이렇게 중얼거리자 그들은 기뻐 어쩔 줄 몰랐다.

"그렇사옵니다." 대제사장이 거들었다. "소신들이 이제 아뢰게 될 많은 일들이 지존께는 기이하게 여겨질 것입니다."

이렇게 말하고서 그는 노화로 쇠약해진 폐에 통증이 느껴질 정도로 깊이 심호흡을 했다.

"폐하, 피라미드는 위기의 시대에 구상된 것입니다."

대제사장은 말과 말 사이의 휴지가 중요하다는 사실을 충분히 자각하고 있었다. 눈꺼풀의 그늘이 여인의 시선에 신비감을 더해주듯, 그 휴지야말로 생각에 무게를 부여하고 숭고함을 더해주었다.

"위기였고말고요." 이윽고 그가 말을 이었다. "연대기에도 나와 있듯이, 파라오의 힘이 약화되어 있던 시기였습니다. 그게 무슨 새로운 현상이 아니었음은 분명합니다. 오래된 파피루스에는 그와 유사한 경우가 넘쳐나니까요. 새로운 무언가가 있었다면, 그와는 전혀 다른 것이었지요. 전대미문의 기이하고 심지어 청천벽력이라고까지 할 만한, 바로 그 위기의 원인이었습니다. 전례없이 유해한 원인이기도 했고요. 늘 그래왔듯이 기근이 발생했다거나 나일강의 범람이 늦어졌다거나 흑사병이 돌아서 생겨난 위기가 아니었습니다. 정반대로, 원인은 풍요에 있었습죠."

"풍요 말입니다." 헤미우누가 되풀이했다. "즉 안락한 생활 말이지요."

쿠푸의 눈썹이 활처럼 휘어졌다. 12도 각도로 휘어졌군, 헤미우누가 확인했다. 이젠 15도…… 하늘의 가호가 있기를!

"처음부터 원인을 파악하기에는 애로가 있었지요." 그가 말을 이었다. "그 사실을 맨 먼저 밝혀낸 여러 명석한 사람들을 비롯해, 파라오의 신뢰를 받았던 이들이 그 끔찍한 발견의 대가로 목숨을 잃거나 유형에 처해졌습니다. 그들의 해명에 따르면, 안락한 생활 탓에 사람들은 독립심과 훨씬 자유로운 정신을 갖게 되어 권위 일반에, 특히 파라오의 권위에 더 반항적인 태도를 보이게 된 거였지요. 이런 설명이 처음에는 만만찮은 반대에 부딪혔지만 차츰 힘을 얻게 되었습니다. 날이 갈수록 이 새로운 위기야말로 앞서 경험한 어떤 위기보다 심각하다는 사실을 모두가 인정하게 되었지요. 따라서 단 한 가지 문제만 해결하면 되었습니다. 어떻게 탈출구를 찾을 것인가 하는.

파라오께서 사하라로 보내 완전한 고독 속에서 그 문제를 명상하도록 한, 점성술사요 마술사인 소베코테프는 얼굴이 흉하게 일그러져 사십 일 만에 돌아왔습죠. 그런 식으로 사막의 소리를 듣기 위해 떠난 이들 대부분이 그런 모습으로 돌아왔는데, 그들이 사막에서 가져온 전언은 예상했던 것보다 더 끔찍한 내용이었습니다. 그러니까, 안락한 생활을 떨쳐내야 한다는 것이었습죠.

파라오를 시작으로 궁궐의 모든 사람이 깊디깊은 상념에 빠져들었습니다. 안락함을 없애라니, 대체 어떻게 하라는 말이지? 홍수나 지진, 혹은 나일강이 일시적으로 말라버리는 상황이 그들의 머리를 스쳤지만, 그 어느 것도 그들 마음대로 할 수 있는 게 아니다보니, 그러면 전쟁일까? 그건 양날의 칼이었고, 이 경우엔 더더욱 그랬습니다. 대체 어쩌라는 말이지? 그렇다고 그런 위기를 앞에 두고 방관만 할 수는 없는 노릇이었지요. 어떻게든 사막의 소리를 들어야 했으니, 안 그러면 재난을 면치 못할 터였습니다.

그러던 중 소문이 나돌기를, 기이하게도 하렘의 문지기 레네페레프가 이집트가 누리던 부富의 일부를 고갈시킬 수단을 찾자 했다는 겁니다. 동방 국가들에 파견된 사절들의 보고대로라면 메소포타미아 지역에서는 대규모 수로 공사가 진행중인데, 그 어마어마한 규모에 비해거기서 도출되는 경제적 이득은 미미했습니다. 그게 정말이라면, 본보기로 삼을 만한 상황이었죠. 이집트 역시 백성들의 넘치는 에너지를소모시킬 방법을 찾아야 했으니까요. 즉, 상상을 초월하는 과업을 시도하자는 얘기였습니다. 일의 규모가 클수록 백성들의 체력이 소모되고 정신이 피폐해질 터였지요. 요컨대 심신을 지치게 하고 파괴하는동시에 철저히 무용한 무엇이어야 했습니다. 정확히 말하면, 백성들에게 무용한 만큼 국가를 위해서는 꼭 필요한 과업이었습죠.

그렇게 해서 파라오께서는 대신들로부터 무수한 제안을 듣게 되었습니다. 땅 속 지옥의 문들이 자리한 방향으로 끝없이 구멍을 파들어간다든지, 이집트 전체를 에워싸는 성벽을 쌓는다든지, 인공폭포를 만든다든지…… 하나같이 고귀하고도 애국적인, 혹은 신비로운 이상에서 나온 제안이었지만 파라오께서는 모두 거절했습니다. 성벽을 쌓는일이라면 언젠가는 마무리될 날이 있을 테고, 땅속으로 구멍을 파들어가는 일은 한도 끝도 없어 백성들의 원망을 살 것이었지요. 다른 방법을, 사람들이 자기 자신을 잊을 만큼 밤낮으로 몰두하게 될 일을 찾아야 했습니다. 언젠가는 마무리되는 동시에 절대로 끝나지 않는 무엇이어야 했어요. 요컨대 영원히 되풀이되는 일. 게다가 눈에 확실히 보이는 무엇.

파피루스의 증언대로라면, 결국 파라오와 대신들은 차츰 거대한 묘비를 생각해내기에 이르렀지요. 왕의 무덤 말입니다.

파라오께서는 이 생각에 매료되었습죠. 그러니까 이집트의 제일가는 건축물은 신전도 왕궁도 아닌 무덤이어야 한다고요. 이집트는 점차 파라오 자신과 일체가 되고, 파라오는 이집트와 일체가 될 것이었습니다.

측량사들이 무덤의 다양한 크기를 담은 수많은 초안을 내놓았고, 마침내 피라미드 크기를 두고 합의에 이르렀습니다.

피라미드야말로 필요한 모든 조건을 구비하고 있었지요. 그 근저에는 더없이 고귀한 이상이 자리했습니다. 즉 파라오와 죽음, 더 정확하게는 파라오의 신성神性이라는. 그런가 하면 피라미드는 가시적이었고, 아주 멀리서도 눈에 띄었지요. 피라미드를 지지할 수밖에 없는 세번째 결정적인 조건은, 그것이 유한성과 무한성을 모두 지녔다는 점이었습니다. 파라오마다 자신의 피라미드를 갖게 되고, 한 세대가 피로와 마비 상태에서 채 벗어나기도 전에 다른 파라오가 등장해 그의 피라미드로 또다시 사람들의 허리를 휘게 할 터였습니다. 그런 식으로 가차없이, 세상의 끝날까지……"

대제사장 헤미우누는 이번에야말로 긴 침묵을 지켰다.

"그러니까 지존이시여," 이윽고 그가 다시 말을 이었다. "피라미드는 저세상을 지향하기에 앞서 현세에서 그 기능을 발휘합니다. 그건 영혼에 앞서 육신을 위해 구상된 것이니까요."

그는 다시 입을 다물었고, 그렇게 한숨 돌린 뒤 보다 느린 어조로 설명을 이어갔다.

"무엇보다 피라미드는 권력입니다, 폐하. 억압이요, 힘이요, 부이지요. 동시에 군중을 지배하고 그 정신을 우매화하고 의지를 꺾어놓는 무엇이며, 단조로움이요 소모입니다. 그러니까 지존이시여, 그건 폐하

의 가장 든든한 보초입니다. 폐하의 비밀경찰이지요. 폐하의 군대고,
함대이고, 하렘입니다. 그 높이가 더해갈수록 그 그늘에 자리한 폐하
의 백성은 미미한 존재로 보일 겁니다. 그 백성이 작아질수록 폐하의
위풍당당한 자태가 더욱 돋보일 테지요."

혜미우누는 가라앉은 어조로 말했지만, 내면의 확신이 강하게 배어
나는 그의 목소리는 낮아질수록 한층 또렷하고 위협적으로 들렸다.

"피라미드는 권력을 지탱하는 기둥입니다. 그게 흔들리면 모든 게
무너져내립니다."

혜미우누의 양손이 신비롭게 꿈틀댔고, 두 눈은 실제로 폐허를 지켜
보는 양 멍한 빛을 띠었다.

"그러니 지존이시여, 관례를 바꾸려 하지 마소서…… 폐하께서 무
너질 것이며, 저희 역시 폐하와 함께 몰락하고 말 것입니다."

혜미우누는 또 한차례 손짓을 하다가 더는 입을 열지 않겠다는 듯
두 눈을 감았다.

다른 이들 역시 똑같이 침울한 어조로 엇비슷한 내용의 말을 반복했
다. 그중 한 명은 메소포타미아의 수로를 다시 언급하면서, 그것이 없
었다면 아카드-수메르 왕국은 이미 오래전에 권위를 상실하고 말았을
거라고 했다. 또 한 사람은 피라미드는 이 나라의 심원한 기억이기도
하다고 부연했다. 세월이 흐르면 언젠가는 모든 게 희미해져 파피루
스도 일상의 용품들도 낡게 되고, 전쟁과 기아와 전염병은 물론 나일
강의 때늦은 범람이나 무슨 동맹 혹은 법령, 궁정의 스캔들도 모두 잊
힐 테지만, 피라미드만은 도도한 자태로 사막 한가운데 우뚝 서 있을
거라고. 그 무엇도, 어떤 강한 힘이나 시간도, 그것을 묻어버리거나 손

상시키거나 무너뜨릴 수 없을 거라고. 그것은 세상의 끝날까지 그 모습 그대로 남아 있을 거라고. "과거의 모습 그대로, 폐하, 영원토록 같은 모습일 것입니다. 그 형태 역시 우연의 소산이 아닙니다. 다름 아닌 신의 섭리가 그 옛날 측량기사들에게 암시했던 신성한 형태입니다. 폐하께서는 그곳에 온전히, 그 머리에, 정상에, 꼭대기에 계시지요. 이름 없는 돌들 하나하나가 어깨와 어깨를 맞대고 들러붙어 폐하를 떠받치고 있는 거지요."

그 건축물의 형상이 언급될 때마다 그들은 총체적인 국가 붕괴의 가능성을 거듭 시사했다. 문득 쿠푸는 그 가을 아침의 일을 떠올렸다. 피라미드 건을 두고 당시 모두가 그토록 경악했던 건 오로지 그들의 노예근성 탓이라고 그는 생각했었다. 이제 그는 자신이 과오를 범했음을 깨달았다. 그들의 당혹감은 지극히 타당한 것이었다. 이 피라미드가 쿠푸 자신의 것인 만큼, 그 이상은 아닐지언정 그들 자신의 것이기도 함을 결국 쿠푸는 확신하기에 이르렀다.

그는 오른손을 들어 이 접견을 마무리하고 싶다는 뜻을 전했다.

그들은 심장이 조여드는 기분으로 그의 결정에 귀기울였다. 무뚝뚝한 어조에 실린 간결한 몇 마디였다. "피라미드를 만들겠노라. 가장 높은 피라미드, 더없이 웅대한 피라미드를."

II
작업 개시:
다른 어떤 건축물과도 견줄 수 없는 준비과정

피라미드를 만든다는 소식이 눈 깜짝할 사이에 퍼져나갔으니, 여기에는 두 가지 이유가 있었다. 기뻐하는 사람들 쪽에서는 그 소식을 애타게 기다려서였고, 정반대로 슬퍼하는 쪽에서는 다시는 일어나지 않기를 바랐던 끔찍한 불행이 기어이 모습을 드러내서였다.

관원들이 공고를 외쳐 알리기도 전에 그 소식은 왕국의 서른여덟 개주에 이미 가닿았고, 흩뜨려진 모래처럼 불안한 바람에 날려 그 전날 사방으로 퍼져나갔다.

"우리의 태양이신 파라오 쿠푸께서 이집트 백성들에게 거룩하고 숭고한 임무를 맡기기로 하셨다. 그 어떤 작업보다 숭고하며 그 어떤 과업보다 신성한, 그의 피라미드를 세우는 일이다."

둥둥거리는 북소리가 방방곡곡 울려퍼졌고, 심부름꾼들의 목소리가 희미해지기도 전에 지방 고관들이 모여 머리를 맞대고 논의에 들어갔다. 수도로부터 지침이 도달하기 전에 자진해서 솔선수범하기 위해서였다. 그들은 저마다 기쁨으로 환해진 얼굴로 광장을 떠나 집으로 돌아가며 되뇌었다. "그래, 예상했던 대로 그날이 온 거야!" 이 순간을 기점으로 그들의 걸음걸이며 손짓이며 목을 숙이는 동작에는 새로운 무언가가 스며들었다. 어떤 불가해한 도취감에 몸이 오그라들고 주먹이 꽉 쥐어졌다. 순식간에 피라미드가 그들 삶 속에 들어와 단 며칠도 안 되어 그들은 중얼대기 시작했다. "도대체 그거 없이 지금까지 어떻게 살 수 있었다지?"

수도에서 지침이 내려오기를 기다릴 것도 없이, 그들은 과거 선임자들이 이전 피라미드를 두고 했던 일을 답습했다. 즉 불평분자들의 입을 틀어막는 것. 무수한 사람들이 그 소식을 듣고 기뻐하기는커녕 '재앙이 또 시작되는군!' 하며 낙담의 한숨을 쉰다는 생각만으로도 그들은 돌아버릴 것 같았다.

"그 일을 면할 수 있으리라 생각했단 말이지? 모든 게 달라졌다고, 더이상 피라미드는 없을 거라고, 너희 마음대로 살 수 있을 거라고. 그렇다면 이제 실상이 어떤지 보라고. 어디 머리를 조아리고 마음껏 불평을 쏟아놓아보시지!"

수도에서는 한층 긴장감이 감돌았다. 관리들의 얼굴과 행동거지뿐 아니라 건축물들마저도 경직된 듯 보였다. 백악관(재무성을 그렇게 불렀다)에서 파라오의 궁까지, 다시 거기서 비밀경찰기관이 있다고들 하는 건물까지 사륜마차들이 오갔고, 심지어 사막 쪽 알 수 없는 곳으로도 마차들이 오갔다.

헤미우누가 이끄는 지휘 부서에서 설계가들은 초과근무를 했다. 설계도가 점점 더 복잡해지는 듯했다. 그걸 전부 파악하게 되는 날에는 신경이 있는 대로 곤두서서 머리가 터져버릴 거라고 저마다 마음속으로 생각했다. 무엇보다 괴로웠던 점은 모든 게 서로 연관되어 있다는 사실이었다. 그 높이나 토대에 미미한 수정 하나만 더해져도 잇달아 무수한 변화가 초래되었다. 가짜 통로, 환기구, 막다른 길로 통하는 미닫이문, 난데없이 벽면을 향해 열리는 비밀입구, 가짜 출구, 안치소로 이어지는 통로에 작용하는 압력, 경사, 수직통로, 축, 돌덩이들의 수, 중앙 부서의 고뇌, 그 어느 하나도 떼어놓고 생각할 수 없었다. 모든 피라미드의 대부 격인 임호테프가 했다는 그 유명한 말에 따르면 '피라미드는 하나'였다. 헤미우누가 첫 회합에서 이미 환기시킨 이 말이 그들 마음 한구석에 못박힌 듯 남아 있었다.

돌이켜 생각할수록 이 말은 일리가 있어 보였지만, 그래도 위안을 주기보다는 훨씬 큰 낙담을 안겨주었다. 하루하루 실체가 드러남에 따라 이 명제야말로 그들을 덮치는 재앙임이 분명해졌다.

결국 피라미드는 그 모습일 수밖에, 즉 하나의 총체로밖에 존재할 수 없었다. 모서리 하나가 훼손되면 전체에 금이 가거나 몸체가 기울기 시작할 터였다. 사람들 또한, 좋든 싫든 그것과 일체가 되어 살아갈 수밖에 없었다.

이제 그들은 피라미드가 자신들의 계산에서 벗어나 있음을 느꼈다. 그걸 두고 '신성하다'고 일컫는 소리를 들었을 땐 냉소를 감출 수 없었지만, 지금은 그것이 또다른 수수께끼를 숨기고 있음을 확신하게 되었다. 그들은 이 수수께끼야말로 '핵심 비밀'일지 모른다고 의심하며 그 때문에 잠을 못 이루고 얼굴 표정이 어두워졌는데, 그러면서도 마음속 으로는 한없이 꼬여드는 자신들의 운명에 자부심을 느꼈다. 그러던 어느 날 듣도 보도 못한 일이 벌어졌다. 피라미드는 그저 그들의 파피루스에나 존재할 뿐 아직 그걸 짓기 위한 돌 하나도 다듬은 바 없고 돌들을 가져올 채석장조차 정하지 않은 마당에, 벌써 테베의 채찍 제조소들이 국가의 주문을 기다리지도 않고 상품의 생산속도를 배가한 것이다!

채찍더미를 실은 마차들이 멤피스를 향해 힘겹게 다가오는 모습을 보면서 사람들은 그 제조소 주인들이 괜한 공포를 야기한 죄로 벌을 받겠거니 생각했다. 하지만 처벌은커녕 오히려 최고 권력기관들로부터 그들은 선견지명을 발휘하고 시대의 필요성을 이해했다는 치하의 편지를 받았다.

피라미드 건축을 담당한 중앙 부서 설계가들은 더한층 침울한 낯빛이 되었다. 피라미드가 그들의 영향권 밖에서, 심지어 그들의 설계도가 완성되기도 전에 구상될 수도 있다는 건 생각만 해도 정신이 아찔했다.

한편 외국사절들은 무심한 척하며 자신들의 수도에 저마다의 방법을 동원해 소식을 전했다. 그들이 계절마다 암호를 바꾸는 통에 세관원으로 가장한 비밀정보원들은 혼란에 빠졌다. 마늘쪽이 가득 든 항아리나 박제된 새매, 혹은 페니키아 영사가 비블로스의 정부情婦에게 보낸다는, 쇠스랑과 삼지창 등속이 수놓인 속바지, 그것들이 정말로 항아리이고 마늘쪽이고 새매고 여성용 속옷인지, 아니면 실제로는 무슨 비밀스러운 보고를 담은 퍼즐조각들인지 알 수가 없었다.

가나안 사람들의 땅에서 온 사절만이 계속 예전 방식대로 석판에 기호를 새겨 전언을 발송했다. 다른 사절들은—특히 크레타와 리비아 사절, 나중에는 트로이 사절까지—점점 더 악마적인 방법을 사용했다. 펠라스기인의 땅으로 몰려들기 시작한 그리스인들과 일리리아인들의 사절들은 아직 너무 뒤처진 상태라, 비밀보고는 물론 그저 보고라는 게 뭔지도 감을 잡지 못한 채 이 모든 관행을 보며 감탄을 금치 못했다. 그들은 쉴새없이 골머리를 앓으며 "무식한 게 한이군!" 하고 한숨만 내쉴 뿐이었다.

비밀경찰이 가장 미워하는 이는 어김없이 수메르 사절인 수필리우리우나였다. 얼마 전 그의 나라에서 '문자'라고 하는 불길한 기호를 발명해낸 터였다. 점토판에 찍힌 비슷비슷한 선들과 점들, 닭발 같은 그림들은 몸을 미라로 만들듯 인간의 사고를 방부처리하는 힘을 지닌 것 같았다. 그것만으로는 모자랐던지 이 점토판들은 화덕에 넣고 구워진 뒤 전언이랍시고 서로에게 보내지곤 했다. 그들의 수도에서 무슨 일이 벌어지고 있는지 아느냐고, 휴가를 얻어 고국에 돌아온 한 이집트 사절은 농담처럼 떠벌렸다. "점토판을 가득 실은 마차들이 온종일 이 부서 저 부서를 오가는데 말씀이야, 편지나 보고서 한 통을 보내려면 마차 두세 대가 필요하지. 짐꾼들이 그것들을 부리다 어쩌다 판 하나가 깨지면 난리도 아니야! 그러고 나면 다른 이들이 대신들의 사무실에 전언을 가져온다네. 반나절이나 먼지를 뒤집어쓴 채 짐을 부리는 꼴이 아주 가관이고말고. 정말이지 돌아버린 나라야!"

이런 말들이 외무성에서 오갔으니 결국 쿠푸가 나서서 그 책임자들을 추궁하지 않으면 안 되었다. 이웃나라들을 조롱거리로 삼는 대신 그 기호들의 의미나 해독하는 게 바람직하지 않겠냐는 얘기였다.

그날 이후로 경찰은 수메르 대사관 앞에 요원 하나를 세워 망을 보게 했다. 건물 위로 모락모락 피어오르는 연기를 보자마자 요원이 달려와 경계신호를 보냈다. 보고다! 비밀경찰들은 그 전언이 피라미드와 관련된 내용이라 확신했고, 이집트의 지극히 신성한 상형문자와 닮은 구석이 전혀 없는 그 악마적인 기호들을 생각하면 분노가 치밀었다. 그러고 보면 가나안 사절에게는 이마에 입을 맞춰줄 만했다. 사막에 사는 이들 모두가 그렇듯 그 사절 역시 좀 요령부득이긴 했지만 그런 미치광이 짓을 할 사람은 아니었으니까. 한 주 내내 외무성까지 들리도록 천치처럼 돌을 두드려대긴 했어도 마늘쪽이나 여자 팬티나 화덕에 구운 점토 따위에는 관심이 없는 사람이었다.

피라미드를 만든다는 소문은 이제 둘로 분열된 이집트뿐 아니라 이웃나라들에도 예상보다 빠르게 확산되고 있는 게 분명했다. 열방은 하나같이 이 일을 중대한 사건으로 간주했다. 이집트 전권대사들의 첫 보고에 따르면, 어디를 가나 그 소문이 사람들을 흥분의 도가니로 몰아넣고 있었다. 쿠푸 자신도 이 전언들을 여러 번 읽고 또 읽었다. 이집트의 적들이 피라미드 건축 계획을 칭송한다는 사실이 처음에는 믿기지 않았는데, 헤미우누의 설명과 특히 마법사 제디의 설명을 듣고 난 이후에는 완벽히 논리적인 현상으로 비쳤다. 이집트를 좋아하지 않는 자들로서는 이집트가 약화되어가는 모습이 물론 보고 싶었겠지만, 피라미드가 없는 이집트, 즉 '무無피라미드 이집트'(이집트의 적들 사이에서 통하는 말)가 어쨌거나 그들 눈에는 더 무시무시했을 테니 말이다. 이집트가 모종의 반란을 겪은 뒤 힘을 잃는다면 자신들에게도 여파가 미칠 수 있다는 점이 두려웠던 것이다. 칠십 년 전에 이미 경험한 바, 파라오의 힘이 약화된 걸 기뻐할 새도 없이 이집트를 휩쓸고 간 폭풍우에 그들 자신도 쓸려갈 뻔하지 않았던가.

마법사는 외무성의 노쇠한 관리들이 주장하는 바와 반대되는 견해를 내놓았다. 메소포타미아의 수로를 더이상 경시해서는 안 된다는 것이었다. 물을 가지고 하는 일이라 전혀 위압적으로 보이지 않을 뿐, 본질적으로는 이집트가 바위를 갖고 하는 일과 다름없다는 것. 수로를 파는 일도 단단한 건축물을 짓는 일만큼이나 고된 작업이어서 마찬가지로 기력을 앗아가고 정신을 마비시킨다는 것.

또다른 보고들도 있었다. 이집트에서는 어디를 가나 피라미드에 대한 이야기뿐이며, 사람이든 사건이든 만사를 피라미드와 저절로 연관시켜 생각한다고들 했다. 어떤 여자들은 이런 풍문을 자신과 상관없는 것으로 치부하고 무심코 흘려듣기도 했지만, 그들 역시 어느 날 아침 남편이나 애인 혹은 학령기 아이들 모두가 아부시르의 채석장으로 떠나야 한다는 사실을 알게 되고, 그렇게 되면 울음소리든 벅찬 기쁨의 환성이든 울려퍼진다는 것이었다.

피라미드 건설에 필요한 도로를 닦는 데 족히 십 년은 걸릴 거라고들 했는데, 이 말은 이중의 의미를 지닌다는 사실이 점점 더 분명해졌다. 실제로 접근로를 만들려면 그 일 외에도 이 대규모 작업에 주민들을 동원해야 하며, 이런저런 의혹을 뿌리뽑고 과거의 생활방식을 청산해야 했다. 그런가 하면 사람들의 열의를 부채질하고 사기의 저하나 악담이나 방해공작을 차단해야 하는데, 그 일 역시 그리 호락호락하지는 않을 것이었다.

이젠 누구든 확신을 품게 된바, 건축물 공사 때 나오기 마련인 먼지 한 점 없이도 피라미드는 이미 세상에 나와 튼튼히 뿌리내리고 있었다. 환각만큼이나 실체 없는 그것이 돌덩이들보다 더 위압적으로 자신의 영靈을 일찌감치 일으켜세운 것이다. 피라미드는 큰 사건이 있을 때면 어김없이 출현하는 전조와도 같은 일종의 유령이었으니, 수많은 사람이 이 악몽 같은 환영에서 벗어나려고 초조하게 작업 개시를 기다리게 되었다.

이제 중앙 부서의 설계가들은, 밑그림에 손도 대지 않은 무수한 사람들이 설계가인 자신들처럼 흥분하고 들떠 피라미드에 대해 생각하고 있음을 깨달았다. 그들은 친구들 집에서 저녁식사를 하고 나서도 예전처럼 자부심을 느끼지 못했고 자신들이 관심의 초점이 된다는 생각도 더는 할 수 없었다. "자네가 말하는 돌들의 압박이라는 게 뭔가?" 어느 날 조촐한 생일잔치에서 젊은 화가가 한 설계가에게 묻고는 덧붙였다. "내 위장이 묵직히 짓눌리는 느낌을 아나?…… 자네가 말하는 그 돌덩이보다 천배는 더 견디기 힘들다고……" 그러자 다른 누군가가 끼어들었다. "그게 그거야! 그 둘이 같은 무게라는 걸 모르겠나?"

피라미드의 보이지 않는 먹줄을 치려는 듯 감독관들이 이집트 전역으로 길을 떠났다. 돌을 실어나를 경로들을 지도에 표시하기에 앞서 우선 채석장들을 선택해야 했다. 해가 뜨기도 전에 마차 여러 대가 잽싸게 멤피스를 떠났다. 몇 대는 사카라와 아부시르의 오래된 보호구역들로 향했고, 다른 몇 대는 현무암과 공작석이 있는 시나이사막으로 향했다. 그러나 대부분은 가장 유명한 채석장들이 자리한 남쪽으로 달렸다. 그것들은 일라크와 엘베르샤에서 멈춘 다음 지름길을 달려 하르누브와 카르나크로 향하다가 테베와 헤르몬티스가 있는 동쪽으로 방향을 바꾼 뒤 서쪽으로 되돌아와 룩소르에 이르렀다. 그런 다음 바람이 부는 방향으로 아스완을 따라 내려가 먼지를 하얗게 뒤집어쓴 채로 미친듯이 내달렸는데, 마치 머나먼 게벨바르칼에서 세상의 끝을 찾거나 아니면 더 멀리, 지옥으로 가는 입구라고들 하는 제5폭포가 자리한 낭떠러지까지 가겠다는 기세였다.

쿠푸의 명령은 단호했다. 자신의 피라미드를 위해서라면 어떤 희생도 무릅쓸 것이었다. 필요하다면 아무리 먼 고장이라도 못 갈 이유가 없었다.

채석장 지도는 나날이 새롭고 다채로운 표시들로 뒤덮였다. 모든 채석장이 지도에 담겼다. 시인들이 어머니에 비유하며 찬미의 노래를 바쳤지만 이제는 불모가 되어버린 오래된 채석장들도 있었다. 폐쇄된 곳들은 다시 문을 열 것이었다. 아직 누구의 손도 닿지 않은 채석장들은 언제나 조사관들의 상상력을 자극했다. 대화할 때나 이따금 메모를 하거나 지도에 무언가를 기입할 때, 그들은 이 채석장들을 가리켜 여성과 관련된 말이나 표현을 사용했다. 작업기간이 점점 연장되어감에 따라 여체女體에 대한 그리움과 욕구도 커져만 갔으니, 그들이 작성하는 보고서에 간혹 이 욕구가 투사되기도 했다. 채석장을 두고 '다산성'이나 '풍만'이라는 말을 쓰는가 하면, 반대로 '불임'이나 '두 차례 낙태' 같은 표현을 쓰기도 했다. 사정이 그러했던지라 환관인 투투가 사전에 수정하지 않았다면 쿠푸는 보고서를 읽으며 탐사팀의 보고가 아니라 룩소르의 갈봇집에서 곧장 가져온 것이라 여겼을 것이다.

쿠푸는 직접 작업의 경과를 낱낱이 체크했다. 매주 한 번씩 그는 주요 설계가들을 위해 마련된 궁실을 찾았다. 방 벽에는 화살표며 숫자며 별별 표시를 다 담은 파피루스 수십 장이 나붙어 있었는데 헤미우누가 낮은 목소리로 그것들을 설명해주었다. 파라오는 다문 입을 열지 않았다. 오직 한 가지, 어서 자리를 뜨고 싶다는 생각밖에 없는 듯했다.

단 한 번, 사람들이 처음으로 피라미드의 축소 모형을 보여주었을 때 그는 평소보다 오래 그곳에 머물렀다. 그의 두 눈에 차가운 빛이 가득 차올랐다. 반드레한 백악의 물체가 은은한 광채를 발하며 흰 실루엣을 드러냈는데, 정작 피라미드 자체는 이집트 전역에 산만하게 흩어져 있지 않은가. 그 모형은 아직 한 가닥 바람이자 환영에 지나지 않았으며, 공기의 정령이 내뿜는 거친 숨결처럼 무한히 팽창할 먹구름에 불과했다. 과연 그것을 붙잡을 수 있을까? 아니면 한 줌의 연기처럼 손 안에서 빠져나가버릴 것인가?

쿠푸는 머리가 지끈거렸다. 조바심이 났다. 무언가가 그의 머릿속에서 빠져나갔다가 되돌아와서는 다시 증발해버렸다. 미숙한 이 백악의 물체와 각자의 머릿속에 아직 연기의 상태로밖에 존재하지 않는 피라미드, 그리고 그들이 만들어야 하는 진짜 피라미드. 이 셋 사이에 무슨 관계가 있는지 아무리 머리를 쥐어짜도 알 수 없었다. 첫번째가 다른 둘 사이로 끼어드는가 싶다가도 때론 꼬마 악마처럼 앞서거니 뒤서거니 깡충대며 뛰어간다는 느낌도 들었다.

헤미우누가 계속 말을 이어갔다. 자신이 45도 경사보다 52도 경사를 선호하는 이유를 늘어놓았다. 그는 피라미드들을 최초로 만든 임호테프(이제는 전설이 되어버린)를 환기시켰고, 성상星像에 따라 결정되는 피라미드의 좌향坐向에 대해서도 언급했다. 그러나 쿠푸의 생각은 다른 곳에 가 있었다. 돌을 어떻게 쌓게 될지 설명하느라 헤미우누가 모형에 널조각을 갖다댈 때에야 파라오는 다소 정신을 가다듬고 입을 열었다. "그게 바로 내가 물어보려던 거야. 그 정도 높이라면……" "염려 마십시오, 폐하." 헤미우누가 대답했다. "이 나무비계를 보십시오. 이런 게 네 개, 한 면에 하나씩 만들어집니다. 돌이든, 입구를 차단할 화강암덩이든, 모두 밧줄을 사용해 경사로 위로 끌어올릴 것입니다."

그는 피라미드 모형에 널빤지를 기대 세웠다. "보십시오, 피라미드에 이런 식으로 걸쳐지게 됩니다. 처음 몇 단은 아주 완만하지만 높아질수록 경사가 급해져 돌을 끌어올리기가 쉽지 않겠지요. 경사를 제한하려면, 그러니까 12도 미만으로 유지하려면, 경사로를 조금씩 늘여가야 합니다. 이런 식으로……"

헤미우누는 첫번째 경사로를 치우더니 좀더 긴 경사로로 대체했다. "보십시오, 폐하. 피라미드의 중간 지점에 이를 때까지 기울기는 거의 균등하지요." 쿠푸는 이해했다는 뜻으로 고개를 끄덕였다. "그런 식으로 정상까지 이어집니다." 헤미우누는 훨씬 더 긴 세번째 널빤지를 갖다대며 말했다. "그러니까 피라미드가 혜성 같아 보이는군." 이렇게 말하는 쿠푸의 얼굴에 처음으로 미소가 떠올랐다.

헤미우누는 안도의 한숨을 내쉬었다. "그런데 이 화살표는 뭔가?" 파라오가 손에 쥐고 있던 막대로 한 화살표를 가리키며 물었다.

잠시 헤미우누는 침묵을 지켰다.

"안치소로 이어지는 통로입니다, 폐하." 그가 쿠푸의 시선을 피하며 대답했다.

쿠푸가 그 부분을 막대 끝으로 가볍게 스치며 말했다.

"그렇다면 그 방은 어디에 있지?"

"이 모형에서는 볼 수 없습니다, 폐하. 방은 그곳에 없습니다. 피라미드 외부에 있으니까요. 땅속에 숨어 있지요. 백 척 아래, 아니, 더 깊은 곳에…… 피라미드의 무게가 더이상 느껴지지 않는 지점에……"

쿠푸의 시선이 그 심연 속에서 잠시 길을 잃었다. 그의 석관이 안치될 곳이었다. 며칠 전에 꾼 꿈이 다시 생각났다. 자신의 미라가 마치 익사한 시신처럼 허공에 둥둥 떠다니는 꿈이었다.

"위대하신 조세르와 영원토록 기억될 폐하의 아버님 스네프루께서도 그렇게 안치되셨습니다." 헤미우누가 목소리를 낮추며 말했다.

쿠푸는 아무 대꾸도 하지 않았다. 심기가 몹시 불편했지만 애써 태연을 가장했다. 손에 들린 막대만 가늘게 흔들렸다.

"그런 일들은 그대들 소관이다." 이렇게 내뱉고서 그는 발길을 돌렸다. 그리고 문턱을 넘자마자 고개도 돌리지 않은 채 말했다. "그대들의 일을 시작하라." 이 마지막 말이 메아리처럼 그들의 귓전에 와닿았다. "그대들그대들의-일을일을-시작하라아아아."

그곳에 남겨진 사람들은 한순간 말을 잃었다. 무슨 사이비 교파의 신도들이 초자연적인 일을 목격하기라도 한 듯한 모습이었다. 결국 승인을 받아낸 것이다. 어제만 해도 그들이 아무렇게나 만지고 다루었던 모형, 미래에 존재하게 될 그 피라미드의 씨앗이 이제 범접할 수 없는 무언가로 비쳤다. 석회질의 차가운 빛이 그들을 비웃는 것 같았다. 그들뿐 아니라 온 세상을.

접근로를 닦는 작업이 규정대로 이집트 전역의 여러 다른 지점에서 동시에 시작되었다. 앞서 만들어진 피라미드로 이어지는 길들은 이미 흔적도 없이 사라진 지 오래였다. 여기저기서 오래전에 꿰맨 상처 자국처럼 이런저런 흔적들이 간간이 눈에 띄곤 했지만, 설령 그것들이 아직 남아 있다손 쳐도 새 피라미드 건설에 이용되지는 못할 것이었다. 각각의 피라미드마다 자체의 도로를 갖고 있는데다 오래된 채석장과 새로 열어야 할 채석장의 상태가 어떤지, 또 어떤 화강암을 쓸지, 아스완의 화강암인지 하르누브의 화강암인지도 따져보아야 했다. 그것 말고도 내장 공사를 비롯해 피라미드 정상에 쓰일 백대리석이나 현무암의 선택도 중요했다. 석관을 어떤 재질로 만들어야 할지—단단한 돌을 사용할 건지, 아니면 붉은 화강암이나 현무암을 사용할 건지—도 결정해야 했다. 그 밖에 완성된 상태로 인도되어야 하는 것들도 있었다. 피라미드에 접근하지 못하도록 막는 화강암 막음돌이나 비문이 새겨질 판과 좌대가 그랬는데, 그것들 역시 같은 길로 운반될 수 있긴 했지만 간혹 새 길이 필요하기도 했다. 이 모두는 그것들이 어디에서 만들어졌는지에 달려 있었다.

그것들 하나하나가 몹시 소중하고 공을 들여야 하는 일임에 틀림없었지만 그래도 핵심은 돌이었다. 작업의 지휘를 담당한 수십 명의 고관들은 돌의 채취는 물론 특히 운반을 두고 잠을 설쳤다. 밤낮으로 돌들을 가지고 무미건조한 계산을 하느라 때론 실신할 지경에 이르렀지만 그 때문에 오히려 신경발작을 피할 수 있었다. 그들은 느릿느릿 움직이는 짐수레를 머릿속에 그려보며 미리부터 분노했고 수레꾼들을 게으름뱅이나 비열한 놈 취급했다. 그러고 나면 마음이 좀 진정되었으

니, 그런 욕설 또한 자기들이 계획하는 작업의 일부라 확신하면서 그
동안 몰두하던 숫자와 계산에 다시 코를 박았다.

　필요한 돌의 개수나 돌덩이를 하나씩 채취하고 적재하는 데 소모되
는 평균시간을 정확히 산정하는 게 다는 아니었다. 적재를 마치면 운반
이 뒤따랐는데, 이 대목에서 문제가 복잡해졌다. 돌과 기타 자재들을
실어나르려면 나일강을 이용해야 했으므로 어떤 계획이든 세우기에
앞서 필히 강의 수위와 범람 가능성을 고려해야 했다. 안전을 기하느
라 강은 배제하려 한 적도 있었으나, 따져본 결과 강이 아닌 다른 수단
을 이용할 경우 운송시간이 세 배까지는 아니더라도 두 배는 늘어난다
는 사실을 알게 된 터였다. 그렇게 되면 (조용조용 얘기할 문제지만!)
파라오가 자신의 무덤이 완성되기도 전에 운명할 수 있었다.
　다른 모든 경우들과 마찬가지로 이 경우 역시 그 무엇도 나일강을
대체할 수 없었다. 그렇다 해도 이런저런 계절에 돌이나 화강암을 실
은 뗏목들이 어디까지 다다를 수 있을지 정확히 예측하기란 쉽지 않았
다. 별별 상황을 다 점쳐봐야 했으니, 엘레판티네처럼 먼 곳이나 그보
다 더 먼 도골라 혹은 게벨바르칼 같은 곳에서 출발하는 긴 여정이라
면 더더욱 그랬다.
　이런 계산에 몰두하다보니 자재 수송을 책임지는 사람들과 고관들
은 자연스레 자신들이야말로 피라미드를 쌓는 작업에서 가장 중대한
책임을 지고 있다는 생각을 하게 되었다. 이 작업에 참여한 다른 사람
들도 뜬눈으로 밤을 새운다는 사실을—예를 들면 별자리에 따른 피라
미드의 좌향과 경사의 결정을 두고 아직 고심하는 설계가들이 그랬고,

내부 정비를 맡은 팀과 조각팀이 그랬는데—누가 지적하기라도 했다면 그들은 발끈해서 단호히 응수했을 것이었다. 그런 일들은 계집아이들이나 미주알고주알 따지기 좋아할 법한 시시한 일, 레이스 뜨는 일에나 비견할 만하다고! 피라미드는 그런 게 아니어서, 그걸 쌓으려면 흙먼지를 뒤집어써야 하며 한 발짝씩 떼어놓을 때마다 뜨거운 햇볕과 죽음의 위협에 맞서야 한다고! 하지만 그런 식으로 빈정대기는 설계가들도 마찬가지였다. 복도와 문, 비밀통로가 표시된 밑그림을 두고 끙끙대며 수수께끼 같은 내실들을 그리느라 고심하는 이들이 특히 그랬다. 그들은 같은 순간에 자재 수송 인부들이 이집트 절반을 흙먼지로 뒤덮고 있다는 사실은 까맣게 잊은 채 그 인부들을 천한 상놈 취급했다.

아마도 그 임무 자체의 특성상 저마다 자신이 가장 중요한 소임을 맡았다고 생각하게 되는 듯했다. 예컨대 피라미드의 적절한 좌향을 결정짓기 위해 골머리를 앓는 설계가들의 경우, 밤을 새날이 되게 하라는 이 나라 격언은 그들에게 상징적인 의미만 갖는 게 아니었다. 실제로 야간작업의 상당 부분을 담당하는 그들은 피라미드가 세워질 부지를 방문할 때마다 토목공들을 거만한 눈초리로 노려보았다. 피라미드의 좌향은 일정한 항성, 즉 큰곰자리에 있는 별(북극성을 기준으로 삼아서는 절대 안 되었다)을 기준으로 한 치의 오류도 없이 정해졌는데, 그럼에도 그들은 매일 밤 인부들이 연장을 거두어 모으는 시각이면 현장을 방문하곤 했다. '아, 별과 관련된 일이라니.' 인부들은 생각했다. '절대로 몸담아서는 안 되는 게 바로 그런 일인데! 지금 당장은 비방도 밀고도 모르겠지. 하지만 마지막 점검의 순간 무슨 일이 벌어질지 두고 보라고. (그들은 발꿈치로 바닥을 탁 쳤다.) 계획했던 것보다 한 치만

더 높거나 낮아도 모가지가 날아간다고!'

눈곱만큼의 실수로도 목숨을 잃을 수 있다는 사실을 그 누구보다 두려워할 수밖에 없는 사람들이 있었는데, 바로 피라미드의 내부 설계를 담당한 그룹이었다. 특히 비밀 입출구, 안치소의 신비로운 폐쇄방식, 그리고 약탈자들을 혼란에 빠트릴 가짜 통로를 담당한 이들이 그랬다. 피라미드들을 처음 만들던 시기부터 누구나 알고 있는 기정사실이 있었으니, 이 그룹에 속한 사람들은 목숨을 부지하지 못할 것이었다. 그들을 단죄하고 제거할 오만 가지 이유를 다 찾아낼 테니까. 하지만 이런 조처들의 진정한 이유 역시 누구나 알고 있었다. 비밀은 그 비밀의 열쇠를 쥔 사람과 함께 영원히 매장되어야 한다는 것.

마법사 호렘헤브의 사람들이 점성가들과 협력해 벌이는 일은 더더욱 풀 수 없는 수수께끼였다. 그들은 아무도 모르는, 아니, 상상할 수조차 없는(누군가 불쑥 질문을 던지면 아마 그들 자신조차 답변할 수 없을) 일을 하고 있었다. 일련의 숫자와 관계된 일이라는 소문이 나돌았다. 피라미드의 좌향이나 천상의 표징 외에도 시간적 조건들을 포함하는 전달 불가능한 비밀스러운 메시지, 피라미드가 세상의 끝날까지 간직할 메시지를 열어 보일 수 있는 숫자들이었다.

그나마 위험에 덜 노출된 듯싶은 그룹은 작은 피라미드를 맡은 이들이었다. 위성 피라미드 혹은 파라오의 '카', 다시 말해 분신이라 불리는 피라미드. 석관도 안치소도 제거된 피라미드였기에 비밀 출구나 입구도, 신비의 장막 같은 것도 없었고, 따라서 이 그룹에 속하는 사람들은 근심 걱정 없이 일할 수 있었다. 하지만 처음에만 그랬다. 얼마 안가 질투의 대상이 되기 시작한 그들은 이것이 비밀이 야기하는 위험

못지않다는 걸(그보다 더하지는 않을지언정) 곧 깨닫게 되면서 다른 이들과 마찬가지로 차츰 표정이 일그러지기 시작했다.

가장 얼굴이 우울한 이들은 물론 헤미우누가 이끄는 중앙 부서 사람들이었다. 심부름꾼들이 주홍색 칠을 한 커다란 문들을 밤낮없이 들락거렸다. 먼지를 뒤집어쓴 채 당도한 그들은 더 어두워진 얼굴로 다시 떠나곤 했다. 날마다 무슨 새로운 일이 일어났는데, 그 절반은 피라미드와 연관된 일이었다. 젊은이들은 피라미드를 수놓은 옷을 입었고, 노인들은 피라미드처럼 뾰족하게 수염을 다듬었다. 그러다 상상할 수조차 없는 지경에 이르러, 룩소르의 매춘부들이 속옷을 삼각형 무늬(피라미드뿐 아니라 그네들 음부를 소복이 뒤덮은 털을 상기시키는)로 장식하는 일까지 벌어졌다.

어느 저녁, 사람들이 그들을 붙잡아 초소로 데려가며 소리를 질러댔다. "피라미드 만세! 매춘부들 만세!" 그 혼란을 틈타 그들의 기둥서방들은 아랫동네 불량배들과 함께 시가지의 노점들을 약탈했다.

그런 일들을 두고 동네 주점에선 이러쿵저러쿵 말들이 오갔고, 집집마다 저녁식사 후엔 한탄의 소리가 들려왔다. 수많은 관리들이 오지로 전출되었다. 채석이나 현무암 채굴에 실질적으로 동원된 인부들 외에도 달갑지 않은 인물들이 도시 밖으로 추방되고 있다는 소문이 나돌았다. 한마디로 그건 명백한 유배라고 사람들은 수군댔으나, 그런 얘기를 보란듯이 내놓고 말할 수 있는 이는 아무도 없었다.

화제는 이어 남쪽 지방 채석장들과 재무대신의 마지막 연설들로 넘어갔다. 그의 연설에선 네 차례나 희생이나 긴축재정이라는 말이 등장했고, 예상보다 길어질 작업시간에 대해서도 또 한번 언급이 있었다.

적어도 십오 년…… 거의 한평생에 해당하는 시간이었다! 그런데 아직 시작도 하지 않았다니!

아닌 게 아니라 피라미드는 어떤 생명의 기미도 내비치지 않았다. 사람들의 입에 오르내릴수록 점점 더 멀고 낯설게만 여겨졌다. 어느 순간에 이르자 사람들은 피라미드가 결코 지어지지 않을 거라고, 피라미드와 관련된 모두가 한낱 먼지요 헛소문에 불과하다고 믿게 되었다.

땅속에 심어진 그 씨앗이 언제 발아할지 모른다는 느낌이 들 때도 있었다. 그 고통이 너무 커 땅 자체가 괴로워하는 것 같기도 했다. 제때 피라미드를 분만하지 않으면 땅이 계속 앓는 소리를 내거나 지진 따위로 뒤집혀버릴지도 몰랐다.

III
음모

수도에서 가까운 기자 지구에서는 점점 더 짙은 먼지가 회오리치고 있었다. 사람들은 놀라 입을 다물지 못한 채 마치 무슨 형상이 그려지기를 기다리기라도 하듯이 이 먼지구름을 지켜보았다. 그러나 해질 무렵 작업이 멈추고 이 구름이 도로 내려앉으면, 고르기 작업이 한창인 지면(시인들이 지칭한바, 피라미드를 품은 땅이요 신성한 방형方形 땅)은 전날과 마찬가지로 황야에 불과했다.

그사이 신전이든 대중집회든 어느 곳에서나 사람들은 만사가 순조롭게 진행되고 있다는 느낌이었다. 사절들을 접견하는 자리에서 헤미우누 자신이 표명한 대로라면 작업이 곧 시작될 텐데, 강 범람 시기 이전일 수도 있었다. 어수선한 주변 상황에도 불구하고 냉정을 잃지 않은 이들은, 우두머리 설계가 헤미우누가 이끄는 그룹뿐이었다. 평범한 인간들 눈에는 보이지 않는 무슨 그림자를 알아보는 사람들이 있듯이, 그들 역시 이런 오리무중 속에서 피라미드의 희미한 윤곽을 분간해내곤 했다.

그렇게 수도의 주민들이 피라미드 건축을 알리는 첫 징후를 기다리는 동안, 칙칙한 먼지구름 속에서 예기치 못한 무언가가 모습을 드러냈다.

어느 날 밤 종잡을 수 없는 소문이 나돌더니 동틀 무렵에는 관용 마차들이 범상치 않은 굉음을 내며 멤피스 거리를 누볐다. 신전들은 아침나절 내내 닫혀 있었다. 오후가 되자 끔찍한 얘기가 입에서 입으로 전해졌다. 음모가 있었다는.

난데없이 도시 전체가 마비된 듯했다. 아카드-수메르 군대가 멤피스 문전에 밀집해 있다거나 모욕을 당한 나일강이 이집트를 버렸다는 소문인들 그렇게까지 사람들이 경악하지는 않았을 것이다.

수도의 주요도로들은 날이 저물기도 전에 인적이 끊겼다. 골목길에서 아직 걸음을 재촉하던 사람들은 서로 모르는 체하거나 정말로 알아보지 못했다. 수메르 대사관 굴뚝들 위로는 연기가 소용돌이치며 피어올랐고, 망을 보던 비밀정보원이 "보고요!"라고 외치며 경찰서까지 쏜살같이 내달렸다.

음모가 있었다는 소문이 방방곡곡으로 퍼져나갔다.

대부분의 끔찍한 재앙이 그렇듯 이 모두가 별것 아닌 사건에서 우연히 비롯된 것이었다. 사카라사막에 어쩌다 떨어뜨리고 잊어버린 듯한 현무암덩이가 하나가 원인이었다. 보름달이 뜬 밤이었는데 불길한 방향에서 그 돌덩이가 눈부신 빛을 쏘아댄 것이다. 뒤이어 그 모두가 철저히 계획된 일이었음이 밝혀졌다. 사악한 빛을 포착해 다시 발하게 된 돌덩이가 일단 피라미드 안에 갇히면 그 안에 불운을 끌어들일 수 있을 터였다.

다짜고짜로 마법사 호렘헤브가 의심을 받았다. 모두가 그의 체포를 기다렸는데 막상 투옥된 이는 식량국의 대신 사하토르였다. 하지만 그건 시작에 불과했다. 참사관인 호테브와 디두메시우가 차례로 투옥되었고, 그 누구보다 이 일과 무관해 보였던 하렘의 경호원 레네페레프가 뒤를 이었다. 사건의 전모가 드러난 건 궁정 대신인 안테프와 미넵타가 체포되고 나서였다. 파괴 공작원 몇몇의 소행이 아니라 국가를 상대로 한 진짜 음모였다.

온 나라가 공포에 떨었다. 쿠푸는 수사 결과에 만족하지 않고 음모가 가지친 곳을 샅샅이 뒤져 낱낱이 들춰낼 것을 명했다. 수사관들과 비밀정보원들은 이집트 전역은 물론 국경 너머에까지, 특히 음모를 꾸민 자들이 교섭을 벌였다고 의심되는 적국 수메르로 파견되었다.

상당 기간 모두가 이 음모에 마음이 사로잡혀 만사가 뒷전인 듯했다. 한편 피라미드와 관련된 소문은 모조리 진짜처럼 들리는 가짜요, 일종의 함정이나 속임수에 불과함을 역설하는 이들도 있었다. 요컨대 아직 젊은 쿠푸가 벌써부터 무슨 피라미드를 만들 생각을 할 리 만무하며, 이런 허풍의 진짜 목적은 전혀 다른 데 있다는 것이었다. 즉 음모를 밝혀내는 것.

"대체 제정신으로 하는 얘긴가, 천치 같은 양반아. 머리가 돈 건가, 아니면 그런 척하는 건가? 자네 말대로라면 사람들이 날라오는 그 돌들은 다 뭐지? 우리가 닦는 이 도로는 뭐며, 이렇게 돈을 쏟아부으며 고통당해야 하는 이유는 또 뭐냔 말야? 이 모두가 속임수에 불과하다는 거야?"

"그래, 속임수야. 아니, 더 나쁜 거라고 내 장담하지! 돈 사람은 내가 아니라 자네야. 좀 생각해보고 기억을 더듬어봐. 피라미드를 만들겠다고 모두 난리도 아니지. 한데 그 피라미드 말일세, 눈 씻고 봐도 안 보이잖나. 그게 모두 우연의 소산인 것 같아? 내 말 잘 들어, 이 얼빠진 사람아! 피라미드가 땅에서 나올 기미가 안 보이는 건 더이상 아무도 그걸 기대하지 않기 때문이라고. 모두들 피라미드 운운하지만 마음속으론 음모를 생각하고 있다고!"

쿠푸가 담화를 발표하기로 작정하기도 전에 그런 소문들이 나돌고 있었다. 쿠푸는 마침내 "이집트 전역을 헤집어서라도 음모를 낱낱이 파헤칠 것이다!"라고 선언했다.

심문실과 고문실이 사람들로 미어터졌다. 첫번째 형들이 선고되었고, 능지처참과 투석형이 광장에서 집행되기 시작했다. "피라미드 건축을 방해하려 했단 말이지, 응?" 유죄선고를 받은 이들이 돌더미에 깔려 숨지는 광경을 보며 광신자들은 흥분을 주체 못해 고래고래 고함을 질러댔다. 때로 이 돌더미들은 꼭 작은 피라미드들처럼 보여 사람들이 으스스한 농담을 하기도 했는데, 특히 죽어가는 이가 마지막 경련을 일으켜 돌들이 여기저기서 들썩거릴 때 그랬다.

거의 모두가 불안에 떨며 살았다. 수많은 이들이 체포될 날을 기다리는 동안 또다른 이들은 채석장이나 도로 닦는 일에 충원되기를 바랐다. 그런 노역을 피해보려고 질병이며 가정형편이며 되는대로 핑곗거리를 찾던 이들이 이제는 한마디 불평 없이 그런 일들을 자청했다. 그곳에서라면 푹푹 찌는 더위와 황량한 풍광 속에서 자신들의 존재가 잊힐지도 모른다는 희망을 품고서. 실제로 땀과 흙먼지와 공포에 순식간에 모습이 망가지고 달라졌으니 그 누구도, 수사관들마저, 그들을 알아보지 못할 지경이었다.

쿠푸가 직접 개입하지 않았다면 이런 악몽이 얼마나 더 지속되었을지 모르는 일이었다. "그런데 피라미드는 지금 만들어지고 있느냐 아니냐?" 어느 서늘한 아침 파라오가 헤미우누에게 이렇게 물었다는 소문이 들렸다. "그 질문 역시 피라미드의 일부입니다, 폐하." 헤미우누는 이렇게 답변했다고들 하는데, 사람들이 나중에 지어낸 말 같기도 했다.

그러다 나일강의 범람이 시작된 지(그러니까 들판이 강물에 온통 잠긴 지) 두번째 되는 달, 설계가 그룹이 전처럼 헤미우누의 휘하에 다시 모였다.

피라미드 모형은 그들이 마지막 회합을 마치면서 놓아두었던 자리에 그대로 놓여 있었다. 그간의 방치를 말해주듯 얇은 먼지층으로 뒤덮여 그 잿빛의 막 너머로 불길한 빛을 발했다.

헤미우누의 손에 들려 방황하는 막대에 더이상 애초의 확신은 담겨 있지 않았다. 다른 이들 역시 할말을 찾느라 애를 먹었다. 말이 입에서 맴돌았고 떠들썩한 술잔치를 막 마친 사람들처럼 머릿속이 뿌옜다. 피라미드 각 면에 세워질 경사로라든지, 안치소로 이어지는 통로를 차단하기 위한 방법, 혹은 첫 네 단을 쌓는 데 필요한 돌들을 공급하게 될 채석장들을 두고 다시 이야기가 오갔지만, 곧 그들의 머릿속에는 음산하기 짝이 없는 영상들이 떠올랐다. 최근에 작성된 음모자들의 명단, 쿠푸를 독살하러 궁으로 침투하기 위한 도면, 용서를 구하는 그들 자신의 애원과 신음소리……

그들은 머리를 흔들어 이런 상상을 떨쳐내려 했고 어느 정도 성공하기도 했지만 그러기까지 꽤 시간이 걸렸다. 피라미드 중심부에 가해지는 압력을 비롯해 돌들을 운반할 주도로들, 가짜 문들, 건축물의 축, 그 모두가 사방으로 가지를 친 음모와 복잡하게 얽혔다. 음모를 조종하는 두뇌라든지, 쿠푸 자신이 의심하는바 음모를 은폐하기 위한 전략과도.

때론 이 오리무중의 상태에서 절대로 벗어나지 못할 것 같았고, 그들이 공들여 세우려는 게 무슨 피라미드라기보다 일종의 음모라는 느낌도 들었다.

그들이 그처럼 몽롱한 마비 상태에 빠져 있던지라, 세번째 회합을 마칠 즈음에야 헤미우누는 수사국의 우두머리가 보좌관과 함께 그 자리에 와 있음을 알아챘다.

자신들이 왜 그토록 혼란에 빠져 있었는지, 헤미우누는 이제야 알게 된 느낌이었다. 그가 분노로 하얗게 질린 얼굴로 추궁했다. "아니, 자네가 여기서 뭘 찾는 거지?" 수사국장은 질문의 요지를 모르겠다는 듯 어깨를 으쓱했다. "나가게!" 헤미우누가 소리를 질렀다. 그러자 상대는 한마디 대꾸도 없이 보좌관과 함께 자리를 떴다.

그 일이 있은 직후 이제까지의 악착스러운 수사 관행과 끊임없이 이어지던 형의 언도가 주춤해지면서 다시 피라미드 쪽으로 관심이 쏠렸다. 대제사장 헤미우누를 위해 마련된 훈장 수여식은 그가 음모를 밝혀낸 장본인이라는 소문을 확인시켜주었고, 이 사건을 계기로 긴장이 완화되면서 새로운 국면을 향한 도약이 가능해졌다.

그 여파로 다방면에서 피라미드 건설 작업에 속도가 붙었다. 사방에서 열띤 작업과 동요가 관찰되었다. 인부들이 분주히 움직이는 작업 현장 위로 먼지구름이 떠다녔다. 인부들은 십만 명의 인원을 수용하는 야영장을 최대한 빨리 짓느라 눈코 뜰 새 없었고, 다져진 평지에 첫 돌들이 당도하기 시작했다.

피라미드 건설 작업이 본격적으로 시작될 시점이 다가오고 있었다. 먼지와 열기는 사람들의 생기를 앗아가는 대신 흥분을 고조시키는 듯했다. 불안한 감정만 사라진다면 나머지는 뭐든 견딜 만하다고 사람들은 생각했다. 마음속엔 구원자이신 파라오를 향한 애틋한 감사의 정이 넘쳐흘렀고, 그럴수록 더 정신없이 오가며 혼란의 씨앗을 뿌리고 필요 이상의 모래를 날렸다. 그렇게 무질서와 먼지 속에 숨어버리면, 악惡 또한 당황해 길을 잃고 헤매리라 그들은 믿었다.

하지만 희망은 오래가지 못했다. 첫 돌이 놓이기 바로 전날, 새로운 음모가 발각되었다. 먼젓번보다 더 위험한 음모였다.

놀랍게도 이번에는 대제사장 헤미우누 자신이 실총의 대상이었다. 그다음 차례는 비밀경찰의 우두머리 카드리호테프와 외무성의 재상이었고, 연이어 수많은 고관들이 같은 수모를 겪었다. 아침마다 사람들은 간밤에 소환당한 이들의 명단을 전해들으며 공포에 떨어야 했다. 모두들 새로운 검거가 대거 진행되리라 예상했다. 헤미우누가, 천하무적인 헤미우누마저 걸려든 터라, 이젠 누가 체포된들 놀랄 일이 아니었다.

한동안은 먼젓번 음모로 유죄선고를 받은 이들의 측근들이 다시 고개를 쳐들었다. 헤미우누의 몰락으로 자신들이 다시 총애를 얻으리라 믿어서였다. 그러나 얼마 안 가 그것이 부질없는 믿음이었음을 그들은 깨닫게 되었다. 한 중대한 회합에서 파라오의 대변인 한 명이 밝힌바, 먼젓번 음모를 고발한 사람이 대제사장이라고 해서 그 음모가 전혀 존재하지 않았다는 말은 아니었다. 헤미우누는 이미 오래전에 그 모반행위를 감지하고도 폭로하지 않았는데, 그건 그가 파라오를 속이고 자신의 더 흉측한 음모에 대한 의혹을 근절하려고 적절한 순간을 기다렸기 때문이라는 것.

몇 주 내내 이 새로운 사건에 대한 조사가 꾸준히 진행되었다. 종종 다음번에 체포될 사람들의 명단이 사전에 나돌며 사람들의 불안을 증폭시켰다. 그런데 이상하게도 사람들은 이런 불안과 동시에 일종의 불건전한 만족감을 맛보고 있었다. 병적으로 격앙된 그들은 마음이 물에 흠뻑 젖은 신발창처럼 몰랑몰랑해져 정신착란에 시달리는 사람들처럼 말을 했다. 그러면서 그들 자신도 어디에서 오는지 모를 무슨 충심 어린 취기에 사로잡혀 국가의 적들에게 낙인을 찍고 그들의 군주이신 파라오께 정성을 다해 경배를 바치는 것이었다.

그 와중에 피라미드를 둘러싸고 황당무계한 소문들이 나돌았다. 작업이 그렇게 더디게 진행되고 결과물이 미미한 건 모반자들의 술책 탓이라는 사람들이 있었다. 반면 피라미드는 설계 자체에 문제가 있고 그 오류들을 간파해내려면 오랜 세월이 걸릴 거라는 암시를 던지는 이들도 있었다. 또 어떤 이들은 모든 게 잘못됐다고, 부지 선택이나 초안을 비롯해 접근로를 닦고 채석장을 여는 일까지 잘못되어 피라미드는 절대 완성되지 않을 거라 잘라 말했다. 그러나 이 사람들은 처벌이 가해지자 곧 입을 다물었다. 세상 그 무엇도 피라미드 건축을 방해할 수는 없었다. 새롭게 열린 수뇌회담에서 선포한 것도 그것이었다. 음모에 가담한 자들이 훼방을 놓으려 한 건 사실이나, 그들이 어떤 해악을 끼쳤다손 치더라도 해피엔딩을 망칠 만큼은 아니었다. 그 무엇도 쿠푸의 눈을 피해갈 수는 없었다. 음모를 꾸민 자들이 아무리 간교한들 더는 야만스러운 방해공작을 시도할 수 없을 터였다.

몹시 막연하긴 했어도 한동안 그들의 활력소가 되어주었던 마지막 기대가 사라지자, 사람들은 곧 체념하고 일터로 돌아가 폭염과 먼지 탓에 숨을 쉴 수 없게 된 공기 속에서 만사를 잊었다.

혼돈의 마지막 물결이 대평원을 덮쳤다. 일부 소문에 의하면 진정한 의미의 작업 개시일이 임박해 있었다. 하지만 아무도 더이상의 자세한 정보는 제공하지 못했다. 어느 아침, 인부 네 명이 십자가형에 처해지더니(일찍이 그 어떤 피라미드도 토목공들에게 사형선고를 내리지 않고 만들어진 적은 한 번도 없었다) 다음날 아침이 밝아오자 난데없이 북소리가 울려퍼지며 마침내 운명의 날이 닥쳤음을 알렸다.

쿠푸가 직접 의식에 참여했다. 수많은 새 각료들과 궁정 대신들이 처음으로 대중 앞에 모습을 드러냈다. 선두에는 창백한 안색 탓에 얼굴이 한층 굳어 보이는, 헤미우누를 대체한 대제사장 레호테프가 걸어갔다. 식을 위해 마련된 연단 양옆으로는 외국사절들과 다른 초대객들이 늘어서서 호기심을 누르지 못한 채 파라오를 보려고 목을 뺐다. 그들 후미에는 보초병들이 지키고 섰고, 그 열 뒤로 또다른 초대객 무리가 물결처럼 일렁였다. 연단에서 꽤 떨어진 자리에 위치한 그들은 어

울리지 않는 법석을 떨었고, 새 대신들이 머리를 과하게 염색했다고 수군대거나 아니면 최근 소식들(대부분 피라미드와 연관된)을 주고받았다. 늙은 서기 세소스트리트가 초대장에 적힌 의식이 무언지 깨닫고는 "피라미드라고? 그게 아직도 안 끝났어?" 하고 소리질렀다는 소문도 돌았다.

그 얘기를 하며 사람들은 얼굴을 찌푸렸지만 곧 모두 멍한 표정이 되었다. 노인이 완전히 엉뚱한 소리를 한 게 아님을 실감한 탓이었다. 피라미드는 이미 만들어졌다는, 완전히 끝나지는 않았어도 상당 부분 완성되었다는 느낌이 종종 들곤 했었으니까. 너무 오래 그런 생각을 품고 있어 그들 모두가 피라미드를 등에 지거나 마음 깊숙한 곳에 지니고 있었다. 그러니 그날 목전에서 건축 개시가 선포된 피라미드가 사실은 그 분신이거나 복제품이라 해도 그리 황당한 소리가 아니었을 것이었다.

IV
일상의 기록:
우측 면, 서쪽 모서리

1만 1374번째 돌이 일식 이후 두번째 달에 자리를 잡았다. 그 돌은 앞선 돌보다 놓는 데 시간이 조금 더 걸렸지만 사망자 수는 더 적었다. 하지만 1만 1375번째 돌은 먼젓번 돌이 너그럽게 넘어간 만큼 사망자 몫을 메우겠다고 안달을 내는 것 같더니 급기야 돌을 나르던 사람들을 싹 쓸어갔다. 석수인 뭄바와 루, 투체가 이유도 없이 차례로 쓰러졌고, 그 밖에도 무명의 인부 아홉 명이 목숨을 잃었다. 크레타 사람인 아스틱스는 뇌출혈을 일으켰고, 교대 작업에 투입된 리비아인들 모두와 투르투르 형제를 포함해 총 열네 명이 예기치 못한 낙석에 깔려 죽었다. 이어 돌이 단단히 고정되고 더는 변사자가 없을 것 같던 순간에 부십장이 숨졌고, 잇달아 누비아의 조각가 세 명도 운명을 같이했다. 이 누비아인들은 잠시 쉬겠다며 돌 위에 몸을 누였는데, 휴식시간이 너무 길어진다고 생각한 감독관이 벌을 주려고 손에 채찍을 들고 다가간 순간 그들이 더이상 숨을 쉬지 않는다는 사실을 알게 되었다. 그렇게 그 돌에서 무수한 사망자가 나온 터라 1만 1376번째 돌에 이르러서는 사망자 수가 줄어들 거라 사람들은 기대했다. 그러나 흔히 그렇듯 결과는 실망스러웠으니, 그 돌 역시 만만치 않아 그만큼의 목숨을 저세상으로 떠나보냈다. 그래도 1만 1377번째 돌은 그보다 관대해서 이 돌로 인한 사망자 수는 손가락이나 발가락 수를 넘지 않았다. 잇따른 돌 세 개는 그간 야기된 사망자 수를 따져볼 때 적정선을 유지했다. 십장 우나스의 해임 사건 외에 특별한 일은 전혀 없었다. 우나스는 돌을 끼워맞추다 돌덩이에 으스러진 두 조각가의 다리를 그 자리에 그대로 두게 한 죄로 채석장으로 보내졌다. 사망자 수는 기대치를 웃돌지 않았고, 사망의 원인 역시 필멸하는 인간이 겪기 마련인 평범한 것들이었다. 돌덩이에 낀 다리들은(죽어 땅에 묻힌 그들의 몸은 이미 사람들의 뇌리에서 잊힌 상태였다), 돌을 조금 들어올려 그 찢긴 살점들을 긴 갈퀴로 긁어내면 되었다. 작업을 감독하게 된 새 십장이 인부들에게 설명한바, 사람의 팔다리가 돌덩이 사이에 끼인 채 남으면 부패로 틈새가 생겨 돌이 내려앉을 수 있었다. 그 현상이 미미할지언정, 피라미드처럼 중대한 건축물에서는 결코 용납될 수 없는 일이었다. 뒤이어 견딜 수 없는 악취를 내뿜는 1만 1381번째 돌이 올려졌는데, 채석장 인부들이 그 돌에 자신들의 병을 옮겨놓았다는 소문이 돌았다. 누구라도 돌에 닿는 순간 순식간에 몸이 농포로 뒤덮이는 걸로 미루어 소문은 사실인 게 분명했다. 사람들은 1만 1382번째 돌을 애타게 기다렸다. 그 돌이 나란히 자리하면 이웃한 돌의 유해성이 경감될지도 모른다는 기대에서였다. 하지만 상황은 별반 나아지지 않았는데, 감염된 돌의 상당 부분이 노출되어 있는 탓이었다. 그런 식으로 죽은 사람들 외에도 펠라스기인 테우트와 바르딜리스가 차례로 목숨을 잃었다. 두 사람 모두 금발로, 하나는 전갈에 물리고 다른 하나는 절망에 빠져 죽었다. 그 돌 때문에 기이하기 짝이 없는 살인이 저질러지기도 했다. 수메르인 니누르타쿠두리우수리가 이름 없는 한 노예의 손에 죽임을 당한 것이다. 한동안 노예는 살인의 동기를 털어놓으려 하지 않다가, 어느 여름 밤 더는 그를 고문해봐야 소용없다는 확신이 들 즈음 결국 실토를 하고 말았다. 살인의 배경에는 그 수메르인의 이름이 불러일으킨 질투가 자리하고 있었다. 노예의 신분 탓에 이름이 없는 그가 이름을 가지려면 다른 사람의 이름을 빼앗는, 즉 상대를 죽이는 방법밖에 없었고(그러지 않으면 절대 이름을 가질 수 없을 거라 그는 판단한 듯했다), 결국 상대를 때려죽임으로써 파멸을 자초한 것이었다. 과거에도 이 문제로 사람들 사이에 싸움이 벌어지는가 하면, 이름을 가진 자들과 가지지 못한 자들 간에 이름을 사고파는 행위가 이루어진 게 사실이었다. 이름이 없는 사람들은 정신적 혼란과 고통을 겪었고 숨겨둔 돈에 온통 마음이 가 있는 구두쇠처럼 강박증에 잠을 이루지 못했는데, 그렇다고 살인을 저지르는 지경에까지 이른 적은 없었다. 1만번째 돌 이전, 혹은 그보다 더 이전으로 거슬러올라가면 그런 살인이 있었을지도 모르지만. 예측 가능한 온갖 혼란을 막기 위해 이름을 팔거나 빌려주거나 유증하는 행위는 엄격히 금지되어 있었는데, 그럼에도 그런 일들은 암암리에 여전히 성행하고 있었던 것이다. 1만 1383번째 돌에 이르러서는 그 살인행위도 사람들의 기억에서 희미해지거나 완전히 삭제된 상태였다. 그런데 돌덩이가 자리를 잡는 순간 여기저기서 정신착란 증세가 급증했고, 뒤이어 일사병으로 사람들이 죽어나갔다. 이미 과거에도 그런 일이 있었다는 풍문이 나돌았다. 1만 999번째 돌을 앉히던 때였는데, 그 돌은 이례적인 더위 탓에 갈라진 특이한 돌들 중 하나로 사람들의 뇌리에서 아직 사라지지 않은 채 남아 있었다. 테베 사람 시프타흐가 모래 위에 그림을 그리며 작업이 진행중인 건축물의 규모를 점쳐보려 했는데, 그걸 보고 사람들은 처음에 그가 정신발작을 일으킨 거라 믿었다. 하지만 전혀 그렇지 않다는 게 드러났고, 결국 그는 맷돌에 갈려 뼈가 으스러지는 형벌을 받았다. 엉뚱한 질문을 하는 자들이 보통 맞게 되는 운명이었다. 1만 1384번째 돌은 아직 멀리 뜨거운 사막에 있었는데 그 돌과 관련해 불길한 소문이 나돌았다. 아부시르 채석장에서 캐낸 그 돌과 다른 여섯 개의 돌에 액운이 덮쳤다는 것이었다. 돌들의 결이 불길한 힘을 행사하는지, 아니면 돌들 자체에 그런 힘이 내재되었는지는 아무도 확신할 수 없었다. 돌을 나르는 인부들과 그 돌들이 점점 가까이 오면서 사람들의 고뇌는 증폭되어 숨막히고 치유받을 길 없는 것이 되어갔다. 그 돌들을 이미 마주친 사람들(이런저런 이유로 사막을 걷는 여행객이나 심부름꾼들은 늘 있는 법이니까), 그 돌들을 눈여겨볼 기회가 있었던 사람들의 진술은 한결같았다. 얼핏 보면 그저 평범한 돌덩이에 불과하지만 몹시 어두운 결이 져 있었다고. 누군가가 이마 위에 떠올리는, 얼굴 전체에 불길한 기운을 드리우는 어떤 표정과도 같은 결이라고. 그러나 막상 돌들이 도착하자 사람들은 다소 안도감을 맛보았다. 언제나 그렇듯이, 초조한 심정으로 마냥 기다리던 사건도 막상 닥치고 보면 상상만큼 끔찍하지는 않듯이 말이다.

물론 사망자가 속출했고 먼젓번 돌들 때보다 수가 더 많았던 게 사실이지만, 죽음이 그렇게 기승을 부렸던 건 눈앞의 돌들 자체보다 불안한 기다림 탓인 듯했다. 진실이 무엇인지는 아무도 간파할 수 없었지만 떠도는 소문에 의하면 그랬다. 실제로 어떤 대상에서 비롯된 해악이 그 대상과 함께하는지, 아니면 그 대상을 뒤따르거나 달리는 개처럼 앞서가는지 어떻게 알 수 있단 말인가? 불길한 결이 진 일련의 돌들의 시간이 막을 내리자 사람들은 1만 1391번째 돌이 평화를 가져다주기를 기대했다. 그러나 이 돌은 오히려 더 큰 중압감으로 사람들의 마음을 짓눌렀고, 그런 분위기 속에서 수많은 인부가 파리떼처럼 소리 없이 죽어나갔다. 대부분 이름 없는 사람들이었다. 엘베르샤 채석장에서 캐낸 1만 1392번째 돌이 자리잡는 동안 피라미드 수석 감시관이 현장에 도착했다. 그는 모두가 보는 앞에서 피라미드 서쪽 면을 담당한 현장감독을 채찍으로 후려쳤다. 들리는 바에 의하면 작업이 더디 진행된다는 이유에서였는데, 이 체벌로 현장감독은 저세상 사람이 되었다. 다른 세 방위의 면들과 대규모 채석장들에서도 비슷한 체벌이 있었고, 돌을 신속히 운반하고 부리는 일을 맡은 대상(隊商)들이 지나는 사막의 네 길에서도 같은 일이 벌어졌음이 알려졌다. 그러다 예기치 못한 상황이 전개되었다. 작업에 박차가 가해지는가 싶던 차에 불길한 소문이, 몹시도 암울하고 파괴적인 소문이 퍼진 것이다. 파라오의 무덤을 완성하기 위해 그처럼 조바심을 내며 서두르는 데에는 이유가 있다는, 그때껏 나라에서 어떻게든 숨기려고 노력한 파라오의 병환이 그 이유라는 얘기였다. 이 소문을 두고 별의별 제재 조치가 다 강구되었다. 사형선고가 내려지고, 교수형과 고문이 행해졌으며, 전국 방방곡곡에 관원들이 파견되어 소문이 거짓임을 포고했다. 하지만 유사한 경우에 흔히 목격되듯, 그 소문 역시 희미해지기는커녕 점점 더 부풀어만 갔다. 그러더니 엘레판티네 채석장에서 캐낸 1만 1393번째와 1만 1394번째 돌이 자리를 잡는 과정에서 기이하기 짝이 없는 상황이 벌어졌다. 어떻게 처신해야 할지, 사람들이 더이상 알 수 없게 된 것이다. 눈치 없이 열심을 부리다가는 소문을 뒷받침하는 꼴이 되는 시점에서 정말로 작업을 서둘러야 할지, 아니면 몸에 줄무늬를 만드는 채찍질이나 다른 가혹행위를 무릅쓰고라도 열의 없고 무기력한 모습을 보여야 할지. 주변 사정에 깜깜한 척 묵묵히 일을 계속하는 게 낫다고 말하는 사람이 있는 반면, 두 상황 모두 위험을 내포한다면 일의 속도를 늦추는 편이 그나마 화를 줄일 거라 여기는 사람들도 있었다. 사방에 깔린 나태한 분위기로 미루어 대다수가 후자를 믿는 것 같기도 했다. 사막을 가로질러 돌덩이를 운반하는 작업은 물론 돌을 쌓는 작업도 더뎌지고, 인부들의 몸놀림도 점점 더 나른해졌다. 일과 관련된 동작뿐 아니라 전체적인 움직임이, 고개를 돌리거나 말을 하거나 심지어 숨쉬는 행위조차 그랬다. 이 모두가 확연히 눈에 띄었고, 무리 전체가 선잠에 빠지기 직전이라는 느낌을 주었다. 그래서 1만 1395번째 돌과 그다음 돌에는 '태만의 돌'이라는 별명이 붙었다. 십장들과 감독관들은 불안한 마음으로 지켜보았다. 아무도 채찍을 들어 일을 재촉하겠다는 생각을 할 수 없었는데, 그 채찍이 자신을 향해 덤벼들 수도 있었기 때문이다. 느른하고 무기력한, 보기와 달리 팽팽한 불안감이 배태된 상태가 그런 식으로 지속되었다. 사람들은 피라미드를 두고 그 어느 때보다 많은 이야기를 했다. 그 엄청난 규모라든지 형태, 그것이 집어삼킬 어마

어마한 양의 돌 등등. 대체 어디에서 나온 내용들인지 알아내기는 쉽지 않았다. 그저 피라미드 주위의 그 찌는 듯한 행동반경을 둘러싸고 떠도는 소문일까? 누구나 이미 알고 있던 얘기가 아닐까? 아니면 견딜 수 없는 피로와 열기, 형벌에 대한 두려움 탓에 마음속에 꽁꽁 숨겨져 있어 이제까지 한 번도 드러난 적 없는 내용들일까? 무수한 사람들이 무덤 하나를 만드는 데 평생을 바쳐야 한다는 걸 이집트 안팎에서 모르는 이가 없었지만, 이런 현실의 자각이 여태 말로 표출된 적은 없었다. "아, 어머니, 무덤 하나를 만들다 제 삶을 마감해야 하다니요!" 같은 한탄(길게 늘어지는 그 어조는 듣는 이로 하여금 뭔지 모를 복잡한 감정에 빠지게 했다)이 새어나오게 되다니, 꿈도 꾸지 못한 일이었다. "피라미드가 완성되고 나면 어떻게 되는 거지?" 누군가 궁금해서 이런 질문을 던지면 상대가 받아쳤다. "이 딱한 친구야, 그다음 일이 자네와 무슨 상관인가? 그때 자넨 이 세상에 있지도 않을 텐데!" 또 누군가는 이렇게 설명했다. 그때가 되면 파라오의 아들을 위한 새 피라미드를 세울 테고, 그 피라미드가 완성되면 그 아들의 아들을 위한 피라미드를 세우고, 그런 식으로 세상의 끝날까지 이 일은 계속될 거라고. 삶을 이처럼 끝없이 이어지는 피라미드로 재현해 보이면 사람들은 대부분 깊은 고뇌에 사로잡혔다. 그보다 수는 적었어도 왠지 모르게 역겨움을 느끼는 사람들도 있었다. 이 역겨움이 어쩌면 작업의 느린 진척보다 더 감독관들과 십장들의 울화를 돋우었는지 모른다. 그래도 그게 무슨 새로운 현상은 아니라는 걸 그들은 선임자들에게서 들은 바 있었고, 그 선임자들 역시 자신들의 선임자들에게서 들어 알고 있었다. 7000번째, 어쩌면 4000번째 돌 이전에 그와 유사한 태만이 고개를 들었고, 심지어 돌덩이 여러 개가 부서진 적도 있었다는 것. 그후 모종의 조치가 취해져 사람들의 입과 정신이 차례로 봉쇄되었으니, 그런 식으로 만사가 질서정연하게, 영원히 피라미드의 일부가 된 저 돌들처럼 다시 제자리를 찾게 된 것이다. 지금의 태만 역시 끝장을 볼 날이 있으리라 확신한 감독관들과 십장들은 그날이 오기만을 느긋하게 기다렸다. 사실 피라미드를 둘러싸고 일어나는 일들은 모두 주기성을 띠었으므로 끝장을 보기 마련이었다. 다른 시대가 다른 돌들과 함께 닥치고 만사가 예전 모습을 되찾게 될 터였다. 그사이 현상황에 대한 보고가 파라오에게까지 상달되었다는 소문이 공공연히 떠돌았다. 하지만 파라오의 개입이 있으리라는 기대는 물거품이 되고 모든 게 그 상태로 유지되었다. 사람들은 귀머거리나 장님 행세를 하면서 자신들의 소신을 재차 확인하려는 것 같았다. 파라오는 오래, 아주 오래 살 테니, 그의 무덤을 만드는 일이 더디다고 걱정할 이유가 전혀 없다는 것. 그런데 그 논리를 과도하게 밀고 나가려다 불행을 겪은 한 고관이 있다는 소문이 들렸다. 전통과 결별하고 피라미드 건설을 완전히 중단해 파라오의 불멸을 만방에 드러내자고 그가 주장한 것이다. 지나친 자발성이 대개 본래 의도와는 상반되는 결과에 이르게 하듯이, 그 관료 역시 대담한 발상을 한 대가로 목숨을 잃어야 했다. 그의 몸은 산 채로 토막이 났다. 그런 제안을 한 혀가 맨 먼저 잘리고, 목과 폐가 뒤를 이었으며, 말을 할 때 함께 움직였던 양손이 잘려나가는 식으로, 결국 아무것도 남지 않게 되었다. 이 형벌은 갑작스러운 전환점이 되었다. 수도에선 또다른 음모가 발각되었다. 어떤 통고나 지시도 아직 하달되지 않았건만 작업 현장은 폭발 직전의 공포 분위기로 가득했다. 그러더니 상황이 급진전

되었다. 피라미드 주위로 순식간에 소름 끼치는 긴장이 감도는가 싶더니 돌덩이들을 나르는 움직임에 속도가 붙고, 목소리들이 잦아들고, 시선이 땅으로 쏠렸다. 불평불만은 물론 일상적으로 오가는 말들까지 점점 드물어졌고, 그 말들을 잉태하는 생각마저 고갈되어갔다. 그러더니 난데없이 큰 가뭄이 닥쳤다. 권양기에 실려 올라오는 물이 날마다 줄어드는 걸 보면 우물들도 메말라가는 게 틀림없었다. 건조한 바람이 불었다. 아니, 불었다기보다 관자놀이를 압박하며 헛된 추억들을 뿌리째 뽑아냈다. 하루하루가 망각 속으로 사라져갔다. 1만 1395번째 돌과 잇따르는 1만 1396번째 돌을 놓을 적만 해도 사람들은 죄스럽게도 말을 하고 희망을 가지고 꿈을 꾸었지만, 이제는 그 모두가 저주받은 행복으로만 여겨졌다. (그후로 오랫동안 현장감독들은 잘못한 자들을 채찍으로 후려치며 농담처럼 내뱉었다. 95번째 돌, 96번째 돌의 시대가 되돌아왔다고 생각했어? 하! 그렇다면 어디 노래라도 한번 불러보시지!) 그사이 이미 피라미드의 토대를 형성한 무수한 돌들과 마찬가지로 무겁고 단단한 1만 1397번째 돌이 도착했다. 회복된 질서의 상징인 이 돌을 보며 감독관들과 십장들은 안도의 한숨을 쉬었다. 하루하루 시간이 전과 다름없이 흘러갔다. 전갈에 물리거나 발광하거나 일사병에 걸리거나 죽음을 당하는 것은 물론, 희생자들 명단에 이르기까지 달라진 것이 거의 없었다. 사카라 채석장에서 날라온 1만 1398번째 돌 역시 전과 다름없는 수효의 사망자와 신체 손상을 야기했다. 그 돌이 제자리를 찾기 전날, 똬리를 튼 뱀이 그 위에 잠들어 있는 모습이 발견되었다. 하지만 그게 무슨 전조라고 말할 수 있는 이는 아무도 없었고, 길조인지 흉조인지는 더더욱 알 수 없었다. 더이상 아무도 무슨 견해를 갖거나 하지 않았기 때문이다. 이 돌 역시 앞선 돌들처럼 제자리에 놓였는데, 그사이 저만치서 먼지구름이 일며 잇따르는 1만 1399번째 돌의 도착을 예고했다. 다음번, 그다음번 돌도 그렇게 이어질 것이었다, 세상의 끝날까지. 아, 하늘이시여!

V
피라미드가 하늘을 향해 치솟다

피라미드 건설은 예상보다 오래 이어졌다. 무수히 많은 사람이 날마다 개미떼처럼 오가는 광대한 평원 위로 거대한 먼지구름이 쉴새없이 떠다녔다. 사방 수십 리 밖에서도 눈에 띄는 광경이었다. 매일 아침 저도 모르게 이 방향으로 고개를 돌리곤 하는 외딴 마을 주민들은, 건설 현장의 일부는 하늘에 자리한다는 말을 듣는다 해도 전혀 놀라지 않았을 것이다.

과거에도 피라미드를 만들어왔지만, 기억하건대 이와 유사한 정신적 마비와 당혹감을 불러일으켰던 적은 없었다. 처형에 대한 공포와 피로, 채석장으로 보내질 수도 있다는 걱정만이 그런 낙담을 초래한 건 아니었다. 이 나라 전역에 불길한 바람이 불고 있었다. 만사가 지지부진했고 더이상 선과 악을 구별할 수 없게 되었다. 이집트에 저주가 내렸다고 말하는 사람들도 있었다. 그뿐 아니라, 사람들의 정신에 기품을 더해주리라 믿었던 피라미드가 이집트인들을 그 어느 때보다 심술궂은 사람들로 만들어놓은 터였다.

아직 드물긴 했지만, 피라미드 자체가 지니는 해악에 책임을 물을 수밖에 없다고 보는 이들도 있었다. 나라 한복판에 그렇게 거대한 무덤이 있으면 불행을 불러들일 수밖에 없다고 그들은 수군댔다. 게다가 이 묘는 묘혈이 다른 묘들처럼 땅 밑에 있지 않고 어이없게도 공중에 있었으니, 따지자면 거꾸로 된 무덤이었다. 그러니 어쩌겠는가. 태양신 레가 사다리꼴 분묘인 마스타바들과 기존의 다른 피라미드들을 참을 수 있는 데까지 참아주었던 건, 이집트인들이 언젠가는 이런 미친 관습을 버리고 다른 나라 국민들처럼 죽은 자들을 땅에 묻게 될 거라 믿어서였다. 하지만 이집트인들이 그 기대를 저버리고 무덤을 점점 더 높이 쌓아올리자 레도 결국 간섭하기로 결정했다는 것이다.

모든 불행의 원인이 바로 거기에, 즉 피라미드의 높이에 있다고 믿는 이들도 있었는데, 그래도 그들은 피라미드 건축 자체를 중단하는 건 바라지 않았다.

실제로 가공할 높이여서, 평균적인 피라미드보다 세 배는 높았다. 절반쯤 쌓아올렸을 때 이미 사람들은 그걸 바라보며 현기증을 느꼈으니 나중에는 어떤 느낌이 들지 상상이 갔다. 그 높이가 300큐빗, 더 나아가 최종 높이인 450큐빗에 달하면 무슨 일이 닥칠지 각오해야 한다는 이들도 있었다!

신전에서는 사제들이 군중을 진정시키려고 애썼다. 희생 제물에서 오르는 연기 사이로 사제들의 당당한 목소리가 우렁차게 울려퍼졌다.

"멍청한 인간들과 악의로 가득한 인간들의 말을 듣지 말지어다. 피라미드가 우릴 더 강하고 행복하게 만들지니, 그로 인해 천지가 보다 조화로운 화합에 이를 것이다!"

외국사절단이 자국 대사들을 앞세우고 차례로 공사 현장을 방문했다. 마차에서 내려서는 순간 그들은 곧 망연자실한 표정이 되었고 무릎을 꿇는 이들도 있었다. 지금 이 나라가 완수하고 있는 일은 세상에 둘도 없는 놀라운 기적인 터, 온 세상 사람들의 눈이 이집트를 향해 있었다. 사절들이 작성하는 보고서 내용도 대충 그랬다.

크레타섬에서 온 그리스 사절단만이 시대에 뒤처진 사람들인지라 그 작업의 규모를 도무지 이해하지 못했다. 그들에겐 미완의 건축물이 첫눈에 미로처럼 보이기까지 했다. 그래 봐야 무덤인데 그렇게나 높고 정교하게 만들어진다는 게 그들 머리로는 납득이 되지 않았다. 나중에 그들의 초청을 받은 이집트 사절단은 대갚음할 요량으로 못박아 말했다. 자신들에게 미로란 방향을 상실한 피라미드에 불과하다고.

그사이 이집트에 특별한 애착을 지닌 일부 외국사절들이 신전으로 안내되어 자신들의 견해를 밝혔다. 그들은 이 나라가 얼마나 위대한지에 대해, 또 피라미드의 균형추 역할에 대해 언급했다. 이집트인들은 자기들 나라에 얼마나 큰 평화와 조화가 깃들어 있는지 이웃나라들을 방문해보면 확인할 수 있을 것이었다. 이웃나라 고장들은 춥고, 사람들도 침울하고, 쉴새없이 비가 내렸으니까. 땅과 하늘도 서로 다투기만 했다. 날씨가 늘 을씨년스럽고 안개라 불리는 짙은 연무가 저세상에서 퍼져나와 새롭게 시작되는 하루하루가 그들 삶의 마지막날이라 믿게 만들었다.

사람들은 안도의 한숨을 내쉬며 신전을 나왔다. 우린 피라미드를 가졌으니 얼마나 다행인가! 안 그러면 우리에게 무슨 일이 닥칠지 모르잖는가. 하늘이 난데없이 진노해 불의 회초리를 휘갈겨댈지 누가 알겠는가. 듣기만 해도 소름 끼치는 더없이 끔찍한 재난도 있었으니, 돌연 암울한 불행에 빠진 창공이 걸인처럼 넝마 부스러기나 흰 머리카락 뭉치를 쉴새없이 뿌려대어 기어이 땅을 시신처럼 차고 하얗게 만들어놓을지도 몰랐다.

외국인들이 쏟아놓은 그런 아첨에도 불구하고, 외교관들은 자신들의 비밀보고서에 몹시 다양한 견해들을 피력해놓았다. 이는 오래전부터 의심받아온 행태였는데 수메르 대사의 보고서가 입수되고 나서야 모든 게 분명해졌다. 대사는 자신의 장황한 문체—상관들에게 질책당한 게 한두 번이 아니었던—의 덫에 걸려 넘어진 셈이었다. 짐을 잔뜩 실은 외무성 짐마차 두 대가 한 집의 담벼락만큼이나 무거운 그의 전언(외교관이 서판의 두께를 어떻게든 줄여보려 했지만 더는 손을 쓸 수 없었던)을 실어날랐는데, 이집트 비밀경찰이 대로를 가로질러 몰래 파놓은 구덩이에 그것들이 걸려 넘어지게 만들기란 일도 아니었다. 마차에 탄 사람들이 우왕좌왕하며 손상된 서판에 응급조치를 취하는 동안, 길 위에 흩어진 서판 몇 개를 슬쩍하는 것 역시 식은 죽 먹기였다. 수메르인들이 품은 악의와 쓰라린 감정을 간파해내는 데는 그거면 족했다.

그 서판을 해독하고 일주일 남짓 지나 열린 공식 만찬에서 쿠푸가 향후 두고두고 인구에 회자될 말을 내뱉었다. "우리의 적들은 우리의 피라미드를 생각하며 심기가 격앙되어 있노라. 하지만 그들이 악담을 늘어놓을수록 피라미드는 하늘을 향해 더 높이 치솟을 것이니라!"

만찬에 참석한 사람들은 손이 떨려오는 걸 숨길 수 없었다. 파라오의 얼굴은 나날이 험악해져가기만 했다. 새로운 음모가 발각되었다는 소문이 있었지만 자세한 내막에 대해서는 전혀 알 수 없었다.

그주 내내 사람들은 중추 설계팀의 체포를 기다렸다. 하지만 그들을 찾아온 건 경찰이 아니었다. 그 대신 궁정에서 보낸 심부름꾼이 와서 그들에게 피라미드 축소 모형을 가지고 쿠푸 앞에 출두하라는 명령을 하달했다. 수석 설계가 레호테프는 핏기가 싹 가신 얼굴로 쿠푸 앞에서 간신히 몸을 곧추세웠다. 쿠푸의 눈길이 모형을 자세히 살피는가 싶더니 아래로 쏠리는 것이 마치 땅 밑 무언가를 찾는 것 같았다. 그의 손에 들린 막대가 가늘게 떨렸다.

"내가 저곳에, 너무 깊이 묻혀 있구나." 마침내 쿠푸가 입을 열었다. 막대 끝이 피라미드 모형 밑의 보이지 않는 한 지점을 가리켰다.

공포에 질린 설계가들은 파라오가 암시하는 바를 당장 간파해내지는 못했지만 결국 이해하게 되었다. 안치소가 문제였다. 머릿속에 자주 떠올랐던 문제이기도 했다. 유해를 땅속에 묻는다는 설계가들의 생각을 쿠푸가 마뜩잖아한다는 걸 모르는 바 아니었다. 쿠푸는 어떻게든 피라미드 몸체 외부에 머무르지 않으려고 궁리하는 듯했다. 외로움을 두려워하는지도 몰랐다. 그러나 고문서들을 몽땅 뒤지고 그 굉장한 임호테프의 사사로운 기록들까지 참조해보아도 달리 해결책을 찾을 수 없었다.

"기술적인 난관 어쩌고 하는 헛소리는 듣고 싶지 않다." 쿠푸가 말했다. "돌들의 압력이니 뭐니 하는 말도 듣고 싶지 않다. 모두 허튼소리일 뿐이야! 나는 피라미드 내부, 더 높은 곳에 자리하길 원한다. 알아들었느냐?"

"알겠나이다, 폐하." 레호테프가 마치 저세상에서 들려오는 듯한 목소리로 대답했다.

그들은 피라미드 모형을 가지고 조용히 물러났다. 그리고 자신들의 작업실로 돌아와서는 한참 동안이나 말이 없었다. 정신이 마비되는가 싶더니 경련을 일으키며 요동쳤다. 그런 식으로 미쳐가는 게 아닐까 싶었다.

그들의 구상대로라면 안치소는 일종의 갑문이었고, 그곳을 통과해 피라미드는 깊디깊은 암흑세계와 소통할 수 있을 것이었다. 말하자면 피라미드의 뿌리며 피라미드를 땅에 정박시키는 닻이었다.

그런데 이제 파라오가 그런 문을 버리고 안치소를 더 위로 올렸으면 했다. 그러자면 그걸 돌덩이들 사이로 쑤셔넣어야 하는데, 끔찍한 일일 것이다! 무거운 돌덩이들에 깔려 안치소는 계란 껍데기처럼 부서지고 말 것이다. 석관과 미라도 함께!

설계가들은 어찌할 바를 몰랐다. 레호테프는 이미 자신이 실성했다고 믿었다. 어쩌면 그런 믿음이 그를, 또다른 이들을 구해주었는지도 모른다. 그는 밤이고 낮이고 돌덩이들 사이에 처박히는 상상을 했다. 어둠 속에 꼼짝 않고 갇힌 상황의 절망과 참을 수 없는 고통을 헤아려보려고 애썼다. 돌이킬 수 없는 그 고독 속에서 새로운 형태의 좌절을 이해하게 되었다는 느낌이 들 때도 있었다. 예를 들면 어떤 돌이 다른 비슷한 돌들에 눌려 바스러지는데, 그 돌조각들이 떨어져내리는 대신 누군가의 눈에 띄거나 그 불운이 알려지지도 않은 채 그 자리에 영원히 남아 있다는 상상을 했다.

어느 날 레호테프가 흥에 들뜬 모습으로 작업실로 들어서자 다른 설계가들은 그가 돈 거라 확신했다. 그런 그가 부러웠다고 해야 할지, 그들은 자신들도 미치고 싶다는 희망을 품기 시작했다.

레호테프의 손에는 수많은 초안이 들려 있었다. 다른 이들은 마치 어른이 아이의 감정을 상하게 하지 않으려고 그러듯 그의 말을 경청하는 척했다. 그런데 어이없는 그 말들 사이로 놀랄 만한 무언가가 그들의 귓전에 와닿았다. 안치소에 가해지는 압력을 줄이기 위해, 포개진 빈 봉방 같은 공간들을 남겨둔다는 것. 그렇게 되면 벽들에만 압력이 실릴 테고, 안치소와 피라미드 정상 사이의 거리도 그만큼 단축될 것이었다.

그들은 자신들의 귀를 의심했다. 기발한 착상이 아닐 수 없었다. 어떻게 그 생각을 좀더 일찍 해내지 못했을까 하는 자책의 감정도 느껴졌다. 그들은 놀라움과 애정이 교차하는 심정으로 자신들의 수장을 바라보았다. 무슨 일이 일어난 건지 도무지 실감할 수 없었다.

다음날 그들은 파라오에게 알현을 요청했다. 파라오는 침울한 낯빛으로 그들의 말에 귀기울였다.

"이제 폐하께서는 이곳에 계실 것입니다." 레호테프가 모형에서 안치소가 자리할 위치를 가리키며 말했다.

평소와 달리 쿠푸는 깊은 한숨을 내쉬었다.

"더 높아야 해." 그가 목멘 소리로 말했다. "아직 너무 낮아!"

"알겠나이다, 폐하." 수석 설계가가 대답했다.

"난 한복판에 있고 싶다." 쿠푸가 선언했다.

"알겠나이다, 폐하."

파라오의 눈 흰자위가 엄청난 피로로 인해 금이 간 것만 같았다.

궁정 대신 메넨레가 자신의 동맥을 끊은 뒤 열세번째 단이나 열두번째 단에서도, 사람들이 막연히 낌새를 채고 있던 음모는 드러나지 않았다. 그러나 열한번째 단에선 사방에서 수군대는 소리가 들렸으니, 음모는 반드시 밝혀지고야 말 것이었다. 물론 음모가 정말 있다는 가정하에.

열번째 단에서는, 각 단에 번호를 매기는 작업을 감독하러 수도에서 내려온 조사관들과 십장들 사이에 모종의 분규가 발생했다. 이미 열번째 단에 이르렀다고 주장하는 사람들이 있는가 하면, 아직 열두번째 단이라고(열세번째 단은 아니더라도) 집요한 확신을 품은 이들도 있었다. (단의 번호를 밑에서부터, 즉 바닥에서부터 매기지 않고 새로 임명된 수석 설계가의 명령에 따라 꼭대기, 즉 위에서부터 매기게 되었는데, 그러자니 그런 혼란을 감수할 수밖에 없었다. "어떻게 무無에서 출발해 수를 센다지?" 많은 건축가들은 이렇게 투덜댔다. "허공에 닻을 내리겠다는 거군!")

피라미드의 단을 거꾸로 센다고, 즉 피라미드가 높아질수록 단의 순번이 줄어든다고 생각하면 모두들 왠지 심기가 불편해졌고 주체할 수 없는 공허감과 현기증을 느꼈다. 사람들은 잘못된 방향으로 나아갔고, 상상 속에만 존재하는 장애물들에 부딪히면서 정작 앞을 가로막고 선 진짜 장애물들은 보지 못했다. 이 모두를 도저히 참을 수 없게 된 석공들은 다시 예전 방식으로 단의 순번을 매기기 시작했는데, 그러던 어느 날 수석 설계가의 단호한 명령이 하달되었다. 피라미드를 몇층까지 쌓을지는 아직 결정되지 않았지만 단의 순번은 정상을 출발점으로 매겨져야만 한다는 내용이었다. 그 밖의 다른 방식으로 순번을 매긴다면 모두 반역행위로 간주되리라는 것. 공문에 구체적으로 명시된바, 피라미드가 점점 하늘을 향해 치솟고 있는 시점에서, 그 천상의 기품을 강조함은 절박한 요구사항이었다. 낡은 고정관념이 막아서지만 않았어도 이미 충족되었을.

"옛것이든 새것이든 그 어떤 주장도 내 생각을 바꿔놓지는 못해." 우두머리 석수 한쿠는 잘라 말했다. "결국 우린 물구나무선 채 일하고 있는 거야." 하지만 달리 방도가 없으며 이 기상천외한 상황에 복종할 수밖에 없다는 것, 요컨대 이 나라에서는 무수히 많은 것들이 물구나무서기를 하고 있다는 걸 그도 곧 인정해야만 했다. ("우리 이집트 전체가 물구나무선 자세로 거꾸로 된 삶을 살고 있지. 이 체제를, 또 파라오를 전복시키지 않고서는 상황을 바로잡을 수 없어." 이 말들은 예심판사에게 고스란히 전달되었고, 예심판사는 그의 코앞에 파피루스를 흔들어대며 고함을 질렀다. "실토해! 네놈이 그런 말을 했지? 잘 봐! 이게 바로 네가 한 말이지?" "보고 있습니다." 한쿠가 대답했다. 고문이 시작된 첫 주에 이미 그의 눈은 도려내지고 없었지만.)

일곱번째 단에 이를 무렵 모두가 큰 공포에 사로잡혔다. 현장에서 일하던 사람들뿐 아니라 직무상 잠시 그들과 함께 일해야 했던 이들도 마찬가지였다. "저게 뭐지?" 그들은 어리둥절해서 물었다. "왜, 무슨 일이야?" 이른바 '제7의 사람들'이라 불리기 시작한 사람들이 그들에게 물었다. "아니, 별거 아니야. 아무 일도 아니야, 내가 환각을 본 게지. 어지럼증이 분명하군, 가봐야겠어, 또 봄세……"

그들은 잠시 희미한 영상을 눈으로 좇았다. 그 영상은 단에서 단으로 뛰어다니면서 점점 작아지더니 우글대는 사람들 무리와 먼지 속으로 사라져버렸다. 위에 있던 이들인 '제7의 사람들'은 밑에서 우왕좌왕하는 모습을 굽어보면서 안도감보다는 온몸이 떨리는 걸 느꼈다. 그러다 피라미드 정상이 자리하게 될 지점 쪽으로 고개를 돌리는 순간 정신이 온통 마비되었다. 하늘에 바싹 다가가 있는 그들은 저마다 마음속으로 생각했다. 이토록 하늘과 근접해 있는 탓에 모든 중력에서 해방된 듯 느끼고, 자신들의 부질없음을 알게 되고, 또 이런 죄의식에 시달리는 것이라고.

일곱번째 단이 만들어지는 동안에는 거의 아무 일도 일어나지 않았지만 사람들이 겪은 마음속 고뇌는 극심했다. 이 단이 완성되자마자 (여섯번째 단을 만드는 작업이 즉시 시작되었다) 다들 엄청난 고통을 받았다는 느낌이 들었다. 때때로, 특히 오후의 휴식시간 동안, 그들은 자신들이 꾼 악몽들을 마치 진짜 일어난 사건이기라도 한 듯 서로 솔직히 털어놓았다.

그들이 나누는 이야기, 아니 상상해낸 이야기의 파편들이 웬일인지 먼지처럼, 아니 방진防塵처럼 천천히 하늘에서 아래쪽으로 떨어지며 맴돌다 작업 현장 발치에서 부산하게 오가는 인간 무리들한테까지 이르렀다.

저녁에 막사로 돌아온 그들은 공포와 감탄이 뒤섞인 사람들의 눈길이 자신들을 좇고 있음을 느꼈다. 그래, 저들이야말로 진정한 영웅이야, 저 위에서 어떤 시련을 감내하고 있는 걸까! 사람들은 그들을 하늘에서 곧장 내려온 사람들이기라도 한 양 대했다. 하늘에 그토록 가까이 다가가 있음에도 그들이 아직 저세상으로 성큼 건너뛰지(누가 어느 지붕에서 이웃 테라스로 뛰어내리는 식으로) 않은 것이 놀랍다는 표정이었다.

일곱번째 단을 쌓는 사람들에 대한 호기심은 정상이 불러일으키는 더한층 강렬한 호기심의 전조에 불과했다. 이제 피라미드 완성이 임박한 시점에서 사람들은 온통 이 정상에 대한 생각에 사로잡혀 있었다. 머지않아 진실이 밝혀지리라고 말하는 이들도 있었다. 그들은 피라미드가 지나치게 높아서 하늘을 건드려 흠집이나 상처를 낼지도 모른다고 걱정했다. "무슨 일이 벌어질지 두고 보라고. 이제 우린 어쩌지! 어디로 숨지?"

"하지만 대체 우리한테 무슨 책임이 있지?" 이렇게 반문하는 사람들도 있었다. "우린 명령을 따랐을 뿐이야. 잘못이 있다면 그들 책임이지."

"책임은 우리 모두에게 있어." 전자는 받아쳤다. "이래저래 우리 모두가 이 더러운 일에 연루되어 있으니까."

이렇게 말한 뒤 그들은 기계적으로 하늘을 올려다보았다. 피라미드뿐 아니라 그들의 몸과 운명마저 텅 빈 천공으로 빨려들어가는 느낌이었다.

VI
왕의 먼지

하늘이 흐렸다. 쿠푸는 신경이 곤두서서 왕궁의 이층 공간을 어슬렁
댔다. 아무데도 시선을 두지 않으려고 애썼지만 고개가 저절로 서쪽으
로 돌아갔다. 여느 때보다 훨씬 짙은 먼지가 회오리치며 피어오르고 있
었다. 오후에 불어닥칠 먼지바람을 예고하는 듯했다. 하지만 이 폭풍에
앞서 먼지구름 같은 피라미드를 사방에서 알아볼 수 있었다. 쿠푸는 자
신의 무덤이 미친 말처럼 하늘을 가로질러 질주하는 모습을 보고 있는
느낌이었다. 벌써 수년째 이런 환상이 그의 시야에서 떠나지 않았다.
그것이 군주의 운명이니 아무한테도 불평을 털어놓을 수 없다고 생각
하며 마음을 다독였지만 그래도 울적해지기는 마찬가지였다.

작은 대리석 탁자 위에 서류 두 개가 놓여 있었다. 두툼하고 묵직한
하나는 역사가들과 시인들로 구성된 작업팀이 최근에 완성한 아버지

스네프루의 전기였다. 조만간 쿠푸 자신의 전기 작업이 시작될 참이라, 그 초안을 구상하기 전에 참조할 요량으로 그가 요구한 문서였다. 다른 하나는 국가의 일상사와 관련된 문서였다.

부친의 전기를 들춰보는 일은 다음으로 미룰 것이었다. 오늘 아침 그의 마음은 쓰디쓴 대해와 다름없었으니까. 그래도 그는 마지못한 심정으로 탁자 앞에 잠시 멈춰 섰다. 전기는 두 부분으로 나뉘어 있었다. 제1부를 이루는 지상에서의 삶은 붉은 가죽커버였고, 제2부인 죽음 이후의 삶은 하늘색 커버였다.

제1부에 담긴 내용은 대충 짐작이 갔다. 왕의 젊은 시절, 파라오로 등극하는 대관식, 첫 원정, 개헌, 이웃나라들과 맺은 동맹, 대칙령, 발각된 음모, 전쟁, 시인들이 바친 찬미의 노래 등. 그의 호기심을 자극하는 건 바로 제2부였다. 천천히 그 내용을 살피던 그의 시선이 한 파피루스에 가 멎었다. 스네프루의 낮. 그 낮이 가고 스네프루의 밤. 다시 스네프루의 낮. 그다음엔 다시 밤. 이어서 낮. 낮이 가고 스네프루의 밤. 밤이 가고 다시 스네프루의 낮. 그 낮 다음에 밤……

"맙소사!" 그의 입에서 신음소리가 새어나왔다. 그는 안치소 석관 속에 홀로 남아 있는 자신의 모습을 상상했다. 아버지의 이름이 있는 자리에 자신의 이름을 넣어보았다. 쿠푸의 낮. 쿠푸의 밤…… 깊디깊은 고뇌에 사로잡혀 화조차 나지 않았다. 자신의 사후 전기도 그와 같을 것이었다…… 첫 삼백 년. 이것이 첫번째 파피루스의 제목이었다. 첫 삼백 년이 그렇게 단조롭다면 잇따르는 날들에서도 무슨 변화를 기대할 수는 없을 것이다.

그는 계속 서류를 뒤적였다. 여전히 똑같은 말들이었다. 또 한번 그는 부친의 이름을 자기 이름으로 바꾸어보았다. 쿠푸의 낮. 쿠푸의 밤. 쿠푸의 밤 다음에 쿠푸의 낮. 쿠푸의 또다른 밤……

"멍청한 놈들!" 그의 입에서 불평이 새어나왔다. "첫 삼백 년의 낮과 밤을 나열한 건 아마도 그런 지루한 나열로 그를 우롱하려는 속셈인 게지."

그는 수사본을 낚아챘는데, 마치 여자의 머리채를 휘어잡아 땅에 내동댕이치거나 심지어 짓밟으려는 듯한 기세였다. 그 순간 그의 손에 찢긴 페이지 자리에서 불쑥 색다른 문장이 눈에 띄었다.

그는 그 페이지를 떼어냈다. 놀라움에 분노가 싹 가셨다. 사건이다! 그는 이렇게 외칠 뻔했다. 그 허허벌판에, 사막의 오아시스보다 더 희귀한 어떤 사건이 용솟음치고 있었다. 그는 허겁지겁 문장을 읽어나갔다. 아침에 국가의 최고위급 관료들이 차례로 당도했다. 뒤이어 이집트의 대제사장과 모든 대신들, 그리고 마침내 왕비가 파라오에게 문안을 올렸다. 식이 끝나고 고관들이 물러난 뒤 파라오는 석관 속에 누웠다. 스네프루의 오후. 그 오후 다음에 스네프루의 밤이 이어졌다. 그런 다음 스네프루의 낮. 쿠푸의 낮……

들뜬 마음으로 수사본을 읽어나가던 그의 눈길이 또다시 한 사건에서 멈추었다. 주목할 만한 사건들은 아주 드물어 가뭄에 콩 나듯 했다. 파라오의 대관 기념일, 그의 탄생 축일, 무슨 종교의식. 그것이 저세상에서의 그의 삶이었다. 그 삶에 비하면 이곳에서의 삶은 미세한 편린에 지나지 않았다. "맙소사!" 그는 다시 한번 신음소리를 내뱉었다. 이런 사건들이 드넓은 황무지에서 드문드문, 마치 지평선의 둥근 사원 지붕처럼 모습을 드러냈다. 이런 유의 환영을 일찍이 본 것 같은 느낌이 들었다. 그렇다, 이 년 전 비밀경찰이 멤피스의 철학자들에 대해 보고하면서 시간에 대한 이 철학자들의 몇 가지 관점을 상세히 피력한 바 있었다. 그들 중 일부는 작금의 시간이 본연의 상태에서 벗어나 그 고유한 특성을 잃어버렸다고 생각했다. 시간은 마음대로 흘러가도록 방치되었고, 부풀고 팽창해서 요컨대 느슨해져버렸다고. 이들의 주장대로라면 진정한 시간은 아주 압축적이어야 했다. 예컨대 한 인간이 이 세상에 살다 가는 시간은 오르가슴의 순간들의 합으로 측정되었다. 나머지는 모두 덧없고 공허한 순간들에 불과했다.

반대 진영 사람들의 논리는 자세히 기억나지 않았다. 그저 정반대의 입장이라는 것만 끈질기게 생각났다. 즉 시간은 느슨해질 필요가 있다는 것. 이 논리에 따르면 그렇게 끊임없이 강렬한 방식으로 사는 인간은 결국 제정신을 잃고 말 것이었다.

'모두 헛소리야!' 쿠푸는 생각했다. 그들 가운데 절반을 아부시르 채석장으로 보낸 건 정말 잘한 일이었다. 사람들이 더이상 그런 허튼 짓거리들에 몰두하지 않는다면 국정이 더 원활하게 굴러갔을 텐데. 구제불능의 인간들이었다. 오만 가지 환영들로 골머리를 앓은 뒤 이집트인들은 이제 다른 나라 사람들의 얼을 빼놓는 데 전념하고 있었다. 크레타 주재 대사의 보고에서도 확인된 바였다. 외무성 대신이 한껏 거드름을 피우며 쿠푸에게 그 보고서를 전달했으며, 다른 대신들 역시 얼굴에 희색이 만면했었다. 전세계적으로 이집트인들의 영향력이 점점 더 강화되고 있었다. 그사이 크레타를 비롯해 이 섬보다 상단에 위치한 펠라스기 사람들 및 최근에 그 지역으로 내려온 이주민들은 큰 혼란을 겪어야 했다. 이 세상 외에도 무덤 저편에 다른 세상이 있음을 이집트인들에게서 배워 알게 된 그들은 머리가 빙빙 돌 지경이었다. "우리가 무지했던 거야." 그들은 말했다. "앞 못 보는 소경이었어. 그렇게나 짧고 단순하다고 생각한 삶이 그토록 무한한 것이라니 말이야!"

대사는 사람들이 얼마나 흥분해 있는지 보고서에 적었다. 그들은 이 경이로운 일을 두고 이집트에 감사하며, 그것이야말로 인류의 가장 의미심장한 발견이라 생각했다. 이제부터 만사가 달라질 것이었다. 사람들의 생각도, 사고방식도, 세상의 의미마저도. 사소한 발견이 절대 아니었다. 무슨 부속물도 아니고, 삶에 수반되는 부차적인 사항도 아니었다. 삶은 영원하다는 사실이 마침내 밝혀졌다고까지는 할 수 없어도, 삶이 백배, 아니 천배로 늘어난 셈이었다!

쿠푸는 대신들이 하는 말에 조용히 귀기울였다. 이 한기가 어디에서 오는지 처음에는 자신도 이해할 수 없었다. 대신들이 자리에서 물러나자 그는 왕궁의 테라스로 나와 작업 현장에서 피어나는 먼지를 한참 동안이나 눈으로 좇았다. 세상의 감탄을 자아낸 그것을 이집트가 발견하지 않았다면 피라미드 역시 존재하지 않았겠지. 그 어느 때보다 명료하게 그런 생각이 떠올랐다. 피라미드는 존재하지 않았겠지, 하고 그는 몇 번이고 되뇌었다. 이 끔찍한 먼지가 그의 나날을 흐려놓지도 않을 것이었다.

이십여 년 전, 내면의 한 목소리가 충고했었다. 그 자신을 위해서는 그런 무덤을 만들지 말라고. 그러나 그는 결국 반대 의견에 설득당했다. 이제는 설령 그가 원한다 해도 자신을 피라미드로부터 떼어놓기란 불가능했다.

내가 그대들을 위해 이걸 만들었노라! 그는 이렇게 소리를 지를 뻔했다. 내가 그대들을 위해 희생했노라! 이제 그는 피라미드와 머리를 맞댄 채 남게 되었고, 그들은 그런 그를 남겨두고 여기저기서 향연을 즐기느라 바빴다. 그렇다, 그는 자신의 무덤 앞에서 혼자였다. 무덤은 팽창했다 움츠러들었다 하더니 마침내 하늘을 몽땅 제 것으로 만들 것처럼 솟구쳐올랐다.

한참 동안 그는 아무 생각도 하지 않으려고 애썼다. 그러다 마음이 저도 모르게 서류들 쪽으로 쏠리는 것을 느꼈다. 그 하늘빛이 자신의 어두운 생각들을 몰아내주었으면 했다. 하지만 그가 피하고 싶은 다른 쪽 서류가 그의 마음을 불가항력적으로 끌어당겼다. 그 안에 무엇이 들었는지 알고 있었다. 그럼에도 그는, 사람들이 숨어 자신의 험담을 하는 방의 문을 밀치듯 가죽커버를 홱 열어젖혔다.

그들이 언제나처럼 그곳에 있었다. 만족을 모르는 무수한 무리. 거리의 패거리나 불량배들에서부터 세련된 귀부인들과 겉멋 든 젊은 놈 팡이들에 이르기까지, 그들의 악의를 더는 견디기 힘들었다. 정보수집가들이 모든 걸 낱낱이 기재해두었다. 아무렇게나 내뱉어진 말들이 (추잡한 말이든 일말의 격조를 갖춘 말이든) 국가에 대한 이집트인들의 무관심이나 충성심의 정도를 그 어떤 보고서보다 충실히 드러내 보였다…… 그게 빨아들이는 거야. 정말이지 몽땅 빨아들이지. 만족을 모르는 검은과부거미처럼 말이야. 우릴 쥐어짜 굶어죽게 만들었거든. 단지 먹을 게 없다는 말이 아니야. 전부 그것 때문이야. 우린 더이상 재미나게 놀 수도, 잔치를 벌일 수도 없지. 정말이지 악마가 이집트를 잡아갔으면 좋겠어. 더는 그 이름도 듣기 싫으니까. 피라미드라는 그 추악한 이름도 마찬가지고!…… 그 새 신전을 짓느라 삶 자체가 시들어가고 있다는 말이 맞아. 일이 시작된 이후로 술집은 절반이나 문을 닫았고, 사는 곳도 비좁아지고, 일에 대한 애정도 휴식의 기쁨도 사라졌잖아. 공포에 질려 모든 게 시들해졌어. 만사가 쪼그라들었지. 늘어난 거라고는 잠두콩가게 앞에서 줄지어 기다리는 사람들뿐이라고. 피라미드가 지상의 삶뿐 아니라 이집트 전체를 먹어치우고 있다는 걸, 이제 모르는 사람이 없어. 그 돌들 사이에 끼어 모든 게 짓이겨지고 말았지. 야자수들과 9월의 달, 수도의 활기찬 초저녁 시간들, 웃음소리, 저녁식사, 여인의 관능미…… 피라미드가 그것들을 몽땅 집어삼킨대도 이집트는 이런 희생을 달갑게 여겨야 할 판이라니!…… 그래도 기다려봐. 미리부터 고성을 내지를 필요는 없다고. 피라미드는 일찍이 삶을 마비시켰던 것처럼 언젠가는 그걸 정상으로 되돌려놓고 또 해방시킬 테니까. 그 무거운 돌들에서 우릴 벗어나게 해줄 거라고…… 젠장, 꿈 깨라고! 제정신이야? 마녀가 집어삼킨 것들을 모두 토해놓을까? 고문을 하고 몸을 조각조각 절단해야 그게 되려나? 자, 마녀여, 네가 집어삼킨 것들을 몽땅 토해내거라. 안 그러면 네 몹쓸 어미마저 잡아먹겠다! 다 속임수에 불과해. 그걸 잡아채 쥐어짜보시라지. 거기서 뭐가 나올까? 엄청난 방귀, 그 이상은 아닐 거야……

쿠푸는 턱에 통증을 느꼈다. 한순간 뼈저린 공허감이 엄습해 그는 두 눈을 깜박였다. 사람들은 널 좋아하지 않아, 그는 혼잣말을 했다. 그렇다고 동정심을 갖게 되는 건 아니었다. 사람들이 그걸 헐뜯을수록 그의 마음은 이상하게도 그것에 대해 전보다 더 호의적이 되어갔다.

사실 그걸 경멸할 수 있는 사람은 그 자신이었다. 그걸 미워할 수 있는 사람도 그였다. 그들에겐 그럴 권리가 없었다…… 그렇게까지 말할 권리는 더더욱……

그는 악마의 마수에 걸려든 기분이었다. 무얼 좋아하고 혐오해야 할지 알 수 없었다. 그 끔찍한 혹을 등에 지고 있는 건 그 자신인데 다른 이들이 불평을 해대고 있다는 생각이 이따금씩 들곤 했다.

그래도 씁쓸한 느낌은 전혀 없었다. 그와 그녀, 불행한 꼽추와 피라미드는 이제 또다시 한편이 되어 만인에게 맞서고 있었다.

쿠푸는 고개를 들었다. 바로 그곳에 그 자신의 먼지가 하늘 가득 퍼져 있었다. 맙소사! 그는 한숨지었다. 이집트를 고통에 빠뜨릴 다른 방법을 택하지 못한 것이 후회되는 날들도 있었다. 스무 해 전 그 잊을 수 없는 11월 아침에 대신들이 오래된 고문서들에서 찾아낸 태곳적 방법들 가운데 하나를 말이다. 땅 밑으로 눈에 띄지 않는 구멍을 파고들어가게 한다든지…… 무의식적으로 그는 그런 구멍의 형태를 꿈꾸어보곤 했었다. 첫번째 어둠, 두번째 어둠, 다섯번째, 일곱번째 어둠, 어둠 속의 어둠. 완전한 암흑. 그야말로 이집트인들에게 제격이었다. 그들은 그의 공명정대함을 누릴 자격이 없는 자들이었다. 언제나 파렴치한 속임수와 숨막히는 억압을 선호하는 자들. 반면에 그의 피라미드는 나라 한복판에 우뚝 서서 '내가 보이느냐?'고 말하는 것 같았다.

그들은 너를 좋아하지 않아, 그는 되풀이해 읊조렸다. 이제 피라미드를 향한 그의 분노는 연민으로 바뀌어 있었다. 그자들에게 본때를 보여주고 말겠어…… 본때를 보여주고야…… 그래, 너에겐 그들의 사랑 따윈 조금도 필요치 않아.

그는 그들에게 피라미드를 사랑하도록 강요하지 않을 것이었다. 그게 그리 어려운 일은 아닐 테지만. 그렇다, 그는 다른 방식으로 복수할 것이었다. 피라미드를 향한 그들의 증오가 깊어갈수록 더 큰 찬사를 바치게 만들 것이었다. 그런 식으로 그들을 하염없이 깎아내릴 것이었다. 서로가 보는 앞에서 그들에게 모욕을 줄 것이었다. 그들의 아내와 자식들이 보는 앞에서, 심지어 그들 자신의 양심 앞에서조차. 그렇게 그들을 서서히 망가뜨려 종내는 흙보다 미천한 존재가 되어버리게 할 것이었다.

쿠푸는 자신이 정신 나간 사람처럼 서성대고 있음을 깨달았다. 그러다 냉정을 되찾았고, 분노를 누르느라 아직 두 무릎이 떨리는 걸 느끼면서 걸음을 간신히 통제했다. 다시 대리석 탁자 앞에 선 그는 별생각 없이 마음을 진정시킬 요량으로 아버지의 저세상 삶에 대한 전기를 펼쳐보기로 했다. 그런데 놀랍게도 그의 두 손이 푸른색 서류로 향하는 대신 또다시 다른 쪽 서류로 향했다. 아침에 무거운 머리로 일어나는 술꾼들이 전날 그 지경이 되게 만든 술을 또 한 잔 달라고 한다는 말을 들은 적이 있었다. 아이러니하게도 술이야말로 술을 깨게 해주는 가장 좋은 방법이었던 것이다.

그의 시선이 흘끔 가닿은 피라미드 이후라는 말이 언젠가 뱀을 보고 느꼈을 때와 똑같은 공포를 불러일으켰다. 지지난번 보고에서 처음 접한 이 말이 다시 나타나기를 기다린 터였다. 그러니까 그건 우연이 아니었다…… 다른 시대…… 피라미드 이후 시대……

피라미드를 완성한 이후에 일어날 일을 두고 머리를 쥐어짠 사람이 그 혼자만은 아니었던 셈이다. 그보다 앞서 살았던 다른 이들 역시 그 생각에 골몰한 나머지 신조어까지 만들어냈으니 말이다.

불현듯 대제사장 헤미우누가 아버지 스네프루에게 가져왔던, 사람들의 잘린 혀가 가득 담긴 은쟁반이 떠올랐다. 그때 그는 열세 살에 불과했는데, 아버지의 설명대로라면 그 혀들은 나라를 비방한 자들의 혀였다. "얼굴이 창백하구나." 그때 아버지는 자신을 눈여겨보며 그렇게 말했다. "하지만 너도 똑같이 하지 않을 수 없을 게다. 그 혀들을 자르지 않으면 그것들이 너를 뒤엎고 말 테니까. 너와 네 정권을."

이제는 그러기에 분명 너무 늦어버린 시점이었다. 악한 혀들이 너무 많아져서 그것들을 담으려면 쟁반이 하나가 아니라 수천 개라도 모자랄 지경이었다.

그는 서류를 그만 읽을 생각으로 고개를 들었다.

이젠 먼지기둥에서 눈길을 뗄 수 없었다. 하늘을 향해 불길하게 흔들리며 피어오르는 그걸 증오했다. 언젠간 그걸 그리워할 거라고는 생각할 수 없었다. 마음속에 여전히 생생히 남아 있는 이 증오심이 언젠간 없어질 거라 상상하면 두려움이 엄습했다. 그와 그의 무덤, 이 둘은 너무도 오래 공존하며 힘을 행사해왔는데 이제 스무 해가 지나 이 무덤이 완성될 참이었다. 그 끔찍한 활기도 곧 사라지고 말 것이었다. 매끄러운 백악질 판들에 싸여 하루하루 차갑게 식어가다 종내는 완전히 얼어붙고 말 테지. 우선 하늘에 작별을 고할 테고(쿠푸는 이 모든 먼지에 욕설을 퍼부은 것에 대해 자책과도 흡사한 감정을 느꼈다), 그다음엔 삶 자체에 안녕을 고할 것이었다.

쿠푸는 힘겹게 숨을 들이마셨다. 그렇게 나는 이 악한 세상에 버림받은 채 홀로 남게 될 테지…… 비수를 품은 듯한 얼어붙은 고뇌가 뱃속을 관통했다.

그는 작은 대리석 탁자로 다가가 청동종을 울려 수석 마법사를 불렀다. 그러곤 상대를 바라보지도 몸을 돌리지도 않은 채, 최근 나도는 소문에 대해 알고 있는지 물었다.

"아, 알고 있나이다…… 피라미드 이후라고…… 망측하기 이를 데 없는 얘기죠. 요즈음 항간에 나도는 별의별 헛소리들처럼…… 비밀경찰국장과 그 이야기를 나누었사옵니다……"

피투성이가 되기 전의 은쟁반이 쿠푸의 머릿속에서 불길하게 아른거렸다.

"안다." 쿠푸가 받아쳤다. "그가 무슨 생각을 하는지도 안다…… 비통한 일이긴 해도 그때가 오고야 말지 않겠느냐?"

"음! 무어라 아뢰야 할지 모르겠나이다." 상대가 말했다.

쿠푸는 이미 스무 해 전 자신이 그 생각을 털어놓았음을 마법사에게 상기시키고 싶었다. 피라미드는 국가의 기둥이며 돌로 응축된 빛이라는 등등의 답변을 들었다는 것도. 하지만 그 장면을 목격한 이들 모두가 지금은 땅속에서 썩어가고 있다는 사실이 곧 떠올랐다. 맙소사, 세월이 유수 같구나! 그는 생각했다.

"그렇게 되면 무슨 일이 벌어지겠느냐…… 그러니까 피라미드 이후 시대가 닥치면 말이다……"

"음…… 폐하, 감히 반론을 제기하자면…… 피라미드 이후 시대라는 건 존재하지 않을 것입니다. 피라미드는 언제까지나 그 자리에 있을 테니 말이죠."

쿠푸가 홱 몸을 돌렸다.

"제디, 슬그머니 빠져나갈 생각 말라." 쿠푸의 나지막한 목소리가 마법사의 귀에는 고함소리보다 더 크고 날카롭게 울려퍼졌다. "이집트의 이런 무기력 상태가, 탈진이 무엇 때문인지 그대는 너무도 잘 안다. 그건 이제 피라미드가 완성될 시점에 있기 때문이야."

"피라미드는 절대로 완성되지 않습니다, 폐하." 마법사가 대답했다.

"뭐가 어째?" 이번엔 쿠푸가 정말로 고함을 내질렀다. "내 아비가 그랬듯이 나 또한 피라미드를 만들게 될 거란 말이냐? 아니면 지금 만드는 피라미드를 반쯤 허물어 다시 만든다는 말이냐?"

"아닙니다, 폐하! 제가 절대 완성되지 않는다고 한 건 다른 누구의 피라미드도 아닌 폐하의 피라미드를 두고 한 말입니다. 그건 같은 젖을 먹고 자라는 쌍둥이 자매 따윈 필요로 하지 않으니까요. 물론 다시 쌓을 일도 필요치 않습니다."

"어찌됐건, 지금 완성 단계에 있는 건 사실이다."

그는 고개를 들고 멀리 보이는 먼지기둥을 눈으로 좇았다.

"그 몸은 그렇지만 영혼은 어림없습니다!" 우두머리 마법사가 말을 받았다.

이어 그가 단조로운 목소리로 한참이나 설명을 늘어놓아 쿠푸는 졸음에 빠질 지경이었다.

"몇 단을 더 올려야 정상에 이르느냐?" 쿠푸가 목멘 소리로 물었다.

"다섯 단입니다, 폐하." 우두머리 마법사가 대답했다. "피라미드 담당 대신이 어제 들려준 바로는 단의 둘레가 점점 줄어들고 있습니다. 이제 이백쉰 개의 돌만 쌓으면 됩니다. 어쩌면 그보다 더 적을 수도 있고요."

"이백 개 남짓의 돌이라……" 쿠푸가 되뇌었다. "그렇다면 거의 완성된 셈이군!"

이 말에 당연히 수반되어야 할 기쁨의 탄성이 공포의 전율로 화했다. 그는 미소를 지으려 했지만 아랫입술이 말을 듣지 않았다.

"이백 개 남짓의 돌." 그가 되풀이했다. "끔찍하군!"

하늘에서 먼지기둥이 점점 더 사납게 소용돌이쳤다.

"모래태풍이 이는구나." 쿠푸가 말했다.

윙윙대는 바람소리가 궁궐 안으로 희미하게 전해져왔다. 살랑대는 실바람 소리랄까, 아니면 사람이 거칠게 숨을 몰아쉬는 소리 같기도 했다. 테라스에 놓아둔 서류들을 누군가가 치워둘 생각을 하지 않았다면, 종잇장들이 멀리 날아가버렸을 터였다.

종잇장 따윈 지옥으로 꺼져버리라지! 그는 생각했다.

모래와 풍문, 이것이 이집트다. 아버지 스네프루가 임종 직전 그에게 말했었다. 그것들을 지배하면 넌 이 나라를 지배할 거다. 나머지는 모두 허상에 불과해.

폭풍이 이렇게 휘몰아치는 날이면 이 말이 가장 먼저 떠올랐다. 그는 밖에서 들리는 바람의 노호에 멍하니 귀기울였다. 이집트가 송두리째 바람에 날아가 어이없이 와해되고 있는 느낌이었다. 그 자신도 소리를 질러대고 싶었다. 죽음이 널 쓸어가버렸으면! 무슨 마귀가 들렸단 말인가, 미친 왕국이여!

VII
건축 일지

건축 일지: 다섯번째 단 197번째 돌에서 190번째 돌. 총감독관 이스시의 보고에 따름.

아스완 채석장에서 날라온 197번째 돌. 특기할 만한 사항 전혀 없음. 트랙까지 인양하는 데 걸린 시간: 표준. 군인들의 낙서: 정치적 의미 없음(여성의 성기를 암시하는 외설적인 두 단어. 하나는 달콤하고 부드러운 말, 다른 하나는 혐오감을 담은 말). 돌에 무슨 무늬나 다른 특별한 표징도 없었음. 196번째 돌. 카르나크 채석장에서 날라옴. 인양에 어려움이 있었음. 석축 관인은 하자 없음. 시시한 낙서: 음경. 다른 특기 사항은 전혀 없음. 석수 세부가 돌덩이 안에서 신음소리가 들리는 것 같다고 했지만 근거 없는 말이었음. 195번째 돌. 엘베르샤 채석장에서 채취. 석수장 하피제파의 자살로 돌 인양 작업이 지체됨. 석수장은 돌을 이용해 스스로 목숨을 끊음(이쪽은 내가 맡을 테니 그동안 자네들은 좀 쉬게, 하면서 그는 인부들을 속임). 마법사의 지시에 따라, 피라미드 서쪽 부분에서 죽음을 초래한 이 돌은 문제의 면이 바깥쪽을 향하도록 돌려놓음. 하피제파의 영혼이 돌 속에 침투해 불길한 기운을 불어넣었을지 모르는 터라 태양광선이 그 기운을 걷어내도록 하기 위한 조치임. 194번째 돌덩이. 엘베르샤 채석장에서 채취. 사막에서 네 명의 목숨을 앗아감. 사건의 정황은 오리무중. 그래도 인양 작업은 용이했음. 관인 및 증명서도 하자 없음. 석축 작업은 마지막 순간 석수 테프의 한 손이 잘린 것(석수 자신의 실수) 외에 별다른 사건 없이 진행됨. 193번째 돌. 카르나크 채석장에서 채취. 관인 하자 없음. 그럼에도 몇 군데 낙서가 발견되어 석축 작업이 지연되었는데, 일각에서는 시시한 낙서로 간주한 반면 정치적 암시가 담긴 낙서라는 견해도 있었기 때문. 낙서는 규정대로 그대로 베껴 내려보냄(즉 상부에 올림). 비밀경찰에서 사본 인수. 또다른 사본은 파라오의 궁정 중앙 부서로 보내짐. 192번째 돌. 아스완 채석장에서 채취. 별다른 특징은 없었지만 인양에 난관이 따랐음. 조각가인 셰흐시가 이 돌에 간접적으로 깔려 목숨을 잃음. (정확한 원인은 규명되지 않았으나 백번째 단에서 그가 지나가며 침을 뱉었다고 함.) 191번째 돌. 테베 채석장에서 채취. 한 면에 검은 반점. 특명에 따라 반송됨. 채취된 장소로 돌려보내는 동안 돌이 반나절이나 진입로를 차단함. 그러나 사망자는 없었음. 관인을 가져온 자의 말대로라면, 돌을 들어올리는 순간 그 반점이 나타났다고 함. 이 돌을 대신한 새로운 191번째 돌은 일라훈 채석장에서 채취. 붉은 반점들과 무늬가 새겨진 돌이라 끌어올리는 과정에서 '붉은 돌'이라는 별명을 갖게 됨. 특기 사항 없음. 인양 시간: 표준. 별 볼 일 없는 낙서. 190번째 돌. 아부시르 채석장에서 채취. 특별한 점 없음.

건축 일지: 세번째 단 47번째에서 44번째 돌. 비밀경찰의 보고에 따름. 중앙 부서가 각주 첨부.

47번째 돌. 아스완 채석장에서 채취. 최근 지침에 따른 이중 점검. 운반과정에서 쏟아진 저주들: 너도 내 심장처럼 터져버려라! 산산조각 나버려라! 나락 속으로 떨어져라! 축복들: 이 정상에 너를 내려놓을 수 있도록 해준 운명에 감사한다! 네가 돌의 삶을 만끽할 수 있기를! 석축 관인 하자 없음. 마법사의 허가도 상동. 인양과정에 문제없었음. 낙서도 없었음. 46번째 돌. 카르나크 채석장에서 채취. 견고한 광상鑛床. 비슷한 빈도의 저주와 찬양. 내 기꺼이 아들을 피라미드에 바쳤노라가 후자 중 하나로, 이는 돌덩이를 부리는 과정에서 발생한 사건을 암시한다. 낙서 없음. 감시의 강화로 말미암은 매우 만족할 만한 결과임. 45번째 돌. 카르나크 채석장에서 채취. 마찬가지로 견고한 광상. 다른 돌들의 경우처럼 저주가 쏟아졌고(정상에서 굴러떨어지기를, 무無의 심연에 잠겨버려라 등등) 찬양도 이어짐. 인양과정에서 십장들의 허락을 받고 돌덩이에 걸터앉은 바보 세트카로 인해 혼란이 야기됨. "이랴이랴, 쓸모없는 말 같으니!" 하며 그가 소리를 질러댔으나 시시껄렁한 소란으로 간주됨. 나머지는 모두 정상. (각주: 그 바보가 벌인 소동은 대수롭지 않은 것이었으나 그가 내지른 몇 마디는 이중의 의미를 지니고 있었다. 예를 들면 그가 채찍으로 돌 옆구리를 치며 내뱉은 훈계가 그랬다. "이랴, 더럽고 늙은 짐승, 앞으로! 그렇게 높이 올라가다니 운도 좋지! 네 아비와 형제는 어디 누워 있느냐? 저기, 저 아래 밑바닥이지! 그러니 전진하라, 고집불통. 왜 콧김을 내뿜는 거지? 올라가는 게 싫은 건 아니겠지? 아니, 혹시 피라미드 꼭대기에 올라앉겠다는 거냐? 미친놈!……" 결국 사람들이 그 바보를 아래로 끌어내렸는데, 그 순간 바보가 또 수수께끼 같은 말을 내뱉었다. "이 피라미드는 언젠간 수염으로 덮이고 말 거다!" 그는 온종일 심문을 받고 매를 맞고서도 그 이상 아무 해명도 내놓지 않았다.) 44번째 돌. 엘베르샤 채석장에서 채취. 나일강에 떨어진 돌 네 개 가운데 다시 건져낸 유일한 돌. '물에 빠진 돌'이라는 별명이 거기서 유래함. 그 밖에 관인과 두번째 심사, 인양 및 석축 작업은 순조롭게 이루어짐.

건축 일지: 두번째 단 9번째에서 5번째 돌. 중앙 사무국의 보고에서 발췌.

9번째 돌. 이집트와 리비아 경계 지대에 자리한 아부구로브 채석장에서 채취. 관인은 하자 없었으나 모종의 밀고로 석축 허가가 지체됨. 운반과정에서 돌이 바뀌었다는 의심이 나돌았던 것. 언급된 채석장이 아닌 옛 피라미드에서 채취한 돌이라는 내용. 하지만 조사 결과 허위 밀고임이 밝혀짐. 8번째 돌 역시 같은 채석장에서 채취. 아부구로브 채석장의 모든 돌이 그렇듯 우수한 품질. 그것이 시기심을 유발했던 듯

함. 채석장 자체에 대해서도 밀고가 있었고, 메디네트 마디에 이를 때까지 밀고가 이어짐. 나일강을 건널 배에 돌을 싣고 나면 밀고가 그치리라 예상했지만 상황은 다르게 돌아감. 밀고는 해안을 따라 쫓아오는가 싶더니 돌을 부리기 무섭게 다시 달라붙음. 근거 없는 고발이라는 판정이 날 때까지 같은 상황이 이어짐. 7번째 돌 역시 아부구로브 채석장에서 채취. '야생의 돌' '암흑의 돌' '사악한 돌'이라는 별명이 붙음. 낙석 이후엔 그 밖에 수십 개의 다른 별명이 따라붙게 됨. 돌이 미끄러진 이유는 여전히 수수께끼로 남아 있음. 두번째 단에서 다섯번째 단으로 돌은 경사로를 따라 천천히 굴러떨어졌는데, 처음에는 멈출 수 있으리라 생각했지만 아홉번째 단에 이르자 떨어지는 속도가 점점 빨라짐. 열한번째 단에서 돌은 첫 희생자들을 덮쳤고, 열네번째 단에 이를 땐 광기에 들린 듯 보였음. 이어 돌은 경사로를 떠나 엄청난 굉음을 내며 피라미드 단들 위로 곧장 굴러떨어짐. 그 바람에 북쪽 모서리가 송두리째 흔들렸고, 열아홉번째 단에서는 끔찍한 상황이 발생. 그러다 단의 순번이 거꾸로 매겨지기 시작하는 지점인 백스물네번째 단에 이르러 돌이 둘로 쪼개짐. 쪼개진 돌덩이 하나는 오른쪽으로 튀고, 다른 하나는 아래로 계속 굴러내림. 부상자는 차치하고 도합 아흔 명이 목숨을 잃음. 그 밖에도 피해가 상당함. 피라미드를 기리는 애도의 날. 6번째 돌. 사카라 채석장에서 채취. 희생자 두 명이 발생했으나 먼젓번 돌에 비하면 천사라 할 만했으므로 '착한 돌'이라는 별명을 갖게 됨. 5번째 돌 역시 사카라에서 채취. 특기할 만한 점 전혀 없음.

7번째 돌과 관련해 파라오가 보낸 첨부서. 붉은 글자로 '기밀'이라고 표기

됨. 7번째 돌이 떨어진 진짜 이유를 찾아내는 것이 국가를 위한 최우선 과업이다. 사건의 정황 자체에서 이미 의혹을 불러일으킬 만한 모순점들이 포착된다. 수사팀은 다음 사항들에 주목하고 있다: 돌의 추락 원인(추락을 아직 막을 수 있었던 순간 그러기 위해 정말로 애썼는지, 아니면 그냥 외면해버렸는지), 정확한 추락 궤적, 현장 사람들의 반응, 영웅적인 행동 혹은 공포의 절규(피라미드가 무너진다!), 그 밖의 미심쩍은 반응들(더 높이 오를수록 추락은 더한층 고통스럽다 등등).

특별조사위원회의 보고서. 이 7번째 돌의 추락과 관련해선 아무 실마리도 찾을 수 없었다. 채석장을 헤집어보아도 소용없었고, 이런저런 밀고(육로나 수로를 통해 돌을 운반하는 사람들의, 대부분 익명성을 띠는)라는 통상적인 경로를 추적해보아도 소용없었다. 돌이 미끄러지기 시작한 첫 순간은 거의 감지되지 않았다. 거기 몸을 기대고 있던 석수들도 돌이 흔들린다는 걸 느끼지 못했다. "왜 이러지? 돌이 움직이는 것 같군!" 이 말과 함께 처음으로 사태를 눈치챈 사람은 석수장 샴이었다. 하지만 다른 이들은 그의 말을 진지하게 받아들이지 않았다. "어이, 자네가 돌을 민 거야?" "아니, 자네가 민 거야" 하며 서로 농을 주고받기까지 했다. 그러다 잠시 뒤 돌이 정말로 흔들리는 걸 깨닫고 팔로 막아보려 했지만 헛일이었다. 석수장은 손안에 갈고리가 없다는 걸 알고 허겁지겁 하나를 잡으려다 놓치고 말았다. 다른 이들도 허둥댔지만 너무 늦은 시점이었다. 돌은 갈고리들을 사방으로 날려버리며 점점 더 난폭한 기세로 아래로 돌진했다. 열번째 단에 이르러 경사로를 지그재그로 굴러내리기 시작해 열한번째 단에서 학살을 자행했다.

열세번째 단에서는 십장 투트가 돌을 가로막고 서서 "파라오 만세!"를 외치다 몸이 짓이겨졌는데 그 순간 그의 잘린 손 하나가 허공을 가르며 사람들의 공포를 가중시켰다. 돌은 열네번째 단에 이르러 경사로에서 이탈해 아래로 곧장 떨어져내렸다. 그 순간 석수 데베헨이 "피라미드가 무너진다!"고 고함을 지르더니 어이없게도 십장에게 달려들어 목을 물어뜯었다. 사람들은 무슨 지진이라도 난 것처럼 혼비백산하여 사방으로 달아났는데, 돌을 피하기는커녕 오히려 돌이 떨어지는 곳으로 달려가 깔려 죽는 이들도 있었다. 스무번째 단에 이르러선 돌이 피범벅이 되어 있는 것이 멀리서도 보였다. 돌이 떨어지는 동안 살점과 머리털뭉치가 날아다녔다. 실제로 돌이 두 동강 난 것은 백스물네번째 단이 아니고 그보다 조금 앞이었다. 돌이 갈라진 정확한 지점이 이른바 천상의 번호가 시작되는 곳이었다는 증언들은 그저 우연의 일치일 수 있지만 음흉한 정치적 음모일 가능성도 있다. 수사가 진행중이다.

VIII
정상 가까이에서

무더운 계절이 다가오면서 피라미드가 보여주는 광경도 급속히 달라지기 시작했다. 경사로들이 하나씩 차례로 제거되자 이제 아찔할 만큼 가파른 사면이 고스란히 모습을 드러냈다. 정상으로 이어지는 접근로 하나만 남겨두어, 정점에 놓일 꼭대기돌과 함께 마지막 돌 네 개가 그 길을 따라 올라갈 것이었다.

피라미드 주변의 땅도 말끔히 치워졌다. 석수들의 숙소로 쓰였던 막사가 해체되었고, 불필요해진 노점을 비롯해 부엌과 창고의 일부도 철거되었다. 바닥에 나뒹구는 현무암 조각들과 골풀 밧줄, 나무판때기, 망가진 권양기, 갈고리 등 이젠 쓸모없게 된 온갖 잡동사니들이 날마다 수레에 실려 버려졌다.

공사장 위로 피어오르던 먼지기둥도 차츰 걷혔다. 사람들이 안도감을 느낀 건 하늘이 다시 푸른빛을 되찾았기 때문만은 아니었다. 그 찬란함이 주변으로 물결처럼 퍼져나가 수도에 이르렀고, 더 멀리 외진 촌구석(흉보라면 모를까 낭보가 그렇게 신속히 도달하는 경우는 없는 곳)까지 가닿았다.

문을 닫았던 술집들이 그사이 하나둘 다시 문을 열기 시작했다. 집들의 번지수가 적힌 문패들도 드문드문 다시 모습을 드러냈다. 애초에 나돈 소문에 의하면, 사람들이 지인들의 주소를 발견해 서로의 집에 식사하러 가는 걸 막기 위해 문패를 철거한 터였다. 담벼락들에는 숯으로 쓴 낙서가 점점 더 빈번히 눈에 띄었다. 우리가 피라미드를 만들었다! 잔치를 벌이자!

그러나 행인들은 고개를 저으며 말했다. "너무 늦었어."

젖은 나무를 지핀 아궁이 속에서 가물거리는 불꽃처럼, 기쁨도 마음껏 솟구치지 못했다.

꼭대기로부터 두번째 단에서 이탈해 굴러떨어진 돌덩이 하나가 한순간 모든 걸 정지시키고도 남았다. 만사가 암울해 보였던 건 이 사건을 둘러싸고 진행된 수사 때문만은 아니었다. 이제는 사라지고 없는 과거의 오후들이 우수에 찬 우중충한 조명을 받으며 그들 사이에 다시 출현한 느낌이었다. 그 시절을 다시 살고 있다고 상상하는 사람들도 있었다. 그렇더라도 일단 피라미드만 완성되면 시야가 환해지면서 모든 게 제자리를 되찾게 되리라는 믿음에는 변함이 없었다.

하지만 마지막 돌 네 개를 끌어올리라는 명령은 여전히 내려지지 않았다. 꼭대기돌을 놓는 것에 대해서도 언급이 없었다. 어떤 비밀스러운 신전에서 그 돌을 금종이로 싸고 있다는 소문도 들렸다.

그 꼭대기를 향해 돌을 끌어올리게 될 경사로가 어스름한 빛 속에서 오직 망령들을 위해 마련된 가느다란 줄처럼 보였다.

마지막 돌 네 개는 막사에 보관된 채 웬일인지 보초병들이 지키고 있었는데, 그걸 보며 사람들은 조소를 감추지 못했다. 꼭대기돌을 받쳐줄 돌들이 다른 돌들보다 중요한 건 분명하지만, 그래도 무슨 사절도 아닌 돌을 보초까지 세워 지키게 하다니! 하지만 다른 의견을 내놓는 사람들도 있었다. 사절들은 사라져도 이 돌들은 세상의 끝날까지 남아 있을 거라고.

사람들은 마치 인간을 두고 말하듯 이 돌들에 대해, 또 꼭대기돌에 대해 말했다. 그러면서도 한 돌에 대해서만은 어느 채석장에서 채취된 것인지조차 입 밖에 내기를 꺼렸다. 그 돌이 작업 현장에 도착했을 땐 운반과정에서 밑에 깔려 죽은 사람의 피로 아직 얼룩져 있었다고들 했다. 그 돌에 누가 깔려 죽은들 그게 뭐 대수냐고 묻는 사람들도 있었다. 채석장에서 피라미드에 이르는 길이 여인들의 산책로가 아니라는 걸 모르는 사람이 있겠냐고!

볼일이 있어 수도에 갔던 사람들은 소식을 한아름 가지고 돌아왔다. 새 술집들이 문을 열었고, 담벼락의 낙서도 늘어만 간다고. 신세대 젊은이들, 즉 피라미드 건설이 시작되었을 즈음 태어난 이들은 도무지 두려움을 모른다고. 피라미드의 초석이 놓였을 때 아직 꼬맹이였던 그들은 작업의 첫 단계, 그러니까 피라미드가 가시화되기 이전의 가장 끔찍한 시기를 경험하지 못했기 때문이라고.

대다수 사람들이 동의하는바, 그 첫 단계야말로 그들의 정신을 갈가리 찢어놓았던 시기였다. 그후 어둠 속에서 점차 모습을 드러낸 피라미드는 그렇게까지 공포를 불러일으키지는 않았다. 그 모습이 너무도 자명해 젊은이들은 그들 부모가 느꼈던 공포를 과장된 무언가로 질책했고, 그러면 부모들은 이렇게 응수했다. "너희가 그렇게 말하는 건 아직 눈에 보이지 않는 피라미드가 어떤 건지 상상할 수 없어서야." 젊은이들은 믿기지 않는다는 표정으로 고개를 저을 뿐이었으니, 마음속으론 반대되는 생각을 했을 터였다.

피라미드가 점점 형태를 갖추어감에 따라 그것이 불러일으키던 공포도 사라져갔다는 생각이 일종의 노스탤지어를 불러일으킨 것 같았다. 국가의 충복들을 비롯해 특히 피라미드 건설에 참여했던 노장들이 건축의 첫 단계를 회상하며 품게 된 감정이었다. 옛 시절의 회귀를 기대하는 이 연장자들의 소망을 젊은이들은 웃음거리로 돌렸다. "혹 피라미드가 다시 눈에 보이지 않게 되기를 기대하시는 건가요?" 그들은 이렇게 물으며 웃음을 터뜨렸다.

그러면 노장들도 미소를 지었다. 아이러니한 미소였다.

새 피라미드를 만들지 모른다는 얘기도 처음엔 미친 소리로밖에 들리지 않았으니, 노장들의 노스탤지어보다는 바보 세트케의 허튼소리에서 비롯된 게 아닌가 싶었다. 적어도 바보 하나쯤 주변에 어슬렁대지 않는 공사 현장은 세상에 없다고 십장이 말한 이후로 그를 피라미드 주위에서 쫓아내지 않은 터였다. 그러다 사람들은 과거사를 떠올렸고, 당시엔 수수께끼처럼 보였던 그 의미를 비로소 이해하게 되었다. 예컨대 파라오 조세르는 자신의 피라미드를 완성한 뒤 거대한 단 몇 개를 더 추가하겠다는 생각을 했는데 그 결과 공사를 마무리하기까지 칠 년이 더 걸렸다. 스네프루 역시 세 개의 피라미드를 만들게 했고, 그 가운데 그의 묘가 어디에 있는지는 영원히 비밀에 부쳐졌다. 그러니 피라미드 완성이 목전에 닥친 이 순간, 다른 피라미드를 만드는 작업이 처음부터 재개될 거라는 생각이 사람들 머릿속에 떠오르는 건 당연했다. 그러나 수석 설계가는 새 피라미드가 시작될 가능성에 대한 소문을 언급하며 단호히 못박았다. "파라오께서는 그런 말이 오가는 것조차 싫어하신다."

보름 뒤, 피라미드의 일부를 부술지도 모른다는 소문(술집에서 오가는 말들에 따르면 그 정상을 비롯해 한 면 전체가 천조각처럼 떼어졌다 다시 붙여질 터였다)이 엄중히 규탄받음으로써, 피라미드의 돌 하나도 건드려지지 않을 것임이 분명해졌다.

실망한 노장들은 피라미드가 먼지와 혼돈에 불과했던 유년기로 돌아가기를 꿈꾸어볼밖에 없었지만, 이제 와 그건 그들 자신이 도로 젊어지는 것만큼이나 있을 수 없는 일이었다.

마찬가지로 꽤씸했던 건, 젊은이들이 모여드는 술집들이 점점 더 시끌벅적해져간다는 사실이었다. 그걸로 모자랐던지 오래전에 문을 닫았던 작은 향수 가게들도 하나둘씩 문을 열었다.

어느 날 밤, 피라미드 북동쪽 면에서 한참 동안 횃불이 반짝였다. 흔들리는 빛이 정령처럼 환히 되살아났다가 사그라지기를 반복했다. 피라미드를 관장하는 마법사가 일군의 수사관들을 거느리고 그곳을 오가고 있었는데, 멀리서 그 빛을 눈으로 좇던 사람들이 그 사실을 알았다면 더 큰 두려움에 사로잡혔을 것이었다. 마법사 일행은 아무 말 없이 새벽녘까지 그렇게 헤매고 다녔다. 횃불의 움직임으로 미루어 그들은 깊은 곳에 감추어진 무언가를 찾고 있는 듯했다. 언제인지도 모르게 그곳에 묻힌 악몽이거나, 더 나쁘게는 백주에 모습을 드러낼 어떤 비밀이나 범죄인지도 몰랐다.

사무실과 술집에서 떠도는 소문들 가운데 일부가 상상할 수도 없을 만큼 빠르게 이집트 국경을 넘어갔다. 정보원들은 아마도 그들 머릿속에 고스란히 암기하고 있을 장황한 보고에 정신이 어질어질한 상태로 서둘러 고국으로 떠났다가 두 주 뒤면 새로운 지령을 가지고 돌아왔다. 하지만 가는 도중 전달해야 할 내용의 일부가 머릿속에서 사라져버리거나, 마치 가죽부대 속에 오래 들어 있다보니 시큼한 맛을 띠게 된 맥주처럼 그 내용이 변해버렸고, 그리하여 그들의 보고를 접수하는 고국 중앙 본부에는 큰 혼란이 초래되었다.

유사한 골칫거리로 불평을 호소하지 않는 사람은 오직 수메르 대사뿐이었다. 대낮의 숨막히는 더위나 추위, 심부름꾼들의 정신착란도 점토판에 새겨진 그의 보고 내용들을 바꾸어놓지는 못했다. 굴뚝에서 연기가 난다는 불편만 없다면—그 때문에 외교계에서는 '아니 땐 굴뚝에 연기 나랴'라는 옛 속담 대신 '보고 내용 없는 곳에 연기 나랴'라는 말이 생겨났다—정말이지 모든 게 완벽했을 것이다.

어쨌거나 신경이 팽팽히 곤두섰던 한 주를 보낸 뒤 수메르 대사는 이제 날아갈 듯한 기분이었다. 그의 나라 수도에 마지막 보고서를 발송한 참이었다. 사절 직무를 수행하면서 그가 작성한 것 중 아마도 최고의 보고서일 터였다. 이미 자정이 지난데다 두세 군데 경미한 화상을 입은 양손이 아직 쓰라렸지만(보고서를 빨리 올리라는 독촉이 너무 심해 그는 채 식지 않은 서판들을 포장해야 했었다) 마침내 그는 아내 곁에 몸을 누였고 격렬한 욕구에 사로잡혀 아내를 애무하기 시작했다.

잠시 뒤, 사랑을 나눈 뒤면 늘 그렇듯 그는 아내의 몸에서 떨어져나와 곁에 누웠다. 그 순간 자신이 보낸 보고서가 맨 먼저 머릿속에 떠올랐다. 보고서는 길 위에서 식어가고 있겠지, 아내의 몸처럼. 그는 나른해진 정신으로 생각했다. 사막의 추위가 상자들과 그 안의 점토판들에 침투하는 광경이 머릿속에 그려졌다. 그렇게 계속된다면 아침이면 점토판은 얼어붙고 말겠지.

그런 노역을 마친 뒤 잠이 쏟아지기는커녕 달아나는 것 같으니 이상한 일이었다. 머리가 휴식을 취하지 못하는 건 아마도 보고서 때문이리라. 그는 보고서에 대한 생각을 더이상 하지 않으려다 곧 마음을 고쳐먹었다. 차라리 정반대로 그 내용을 낱낱이 기억해보려 애쓴다면 아마도 잠이 오지 않을까.

하지만 쉬운 일이 아니었다. 모두 합해 백스물아홉 개의 서판이었다. 그의 조수들이 평한 대로 진정한 기념비라 할 만했다. 그는 상황의 전반적인 분석을 담은 첫 열한 개의 서판을 기억해내려 했다. 그런데 세번째와 일곱번째 사이에서 난데없이 죽은 암양의 모습이 보였고, 수도 근방 키르키르 지역 자택에서 삼촌이 자살한 어느 오후 그곳 현관에 걸려 있던 먼지 낀 거울이 떠올랐다.

사실 눈에 띄는 첫 정보는 열다섯번째와 스물한번째 서판 사이에 기록되어 있었다. 제반 정황으로 미루어 이집트에서 특별한 사건들이 예상되고 있음을 그의 나라에 보고하는 내용이었다. 열한번째 서판 내용은 모조리 암기하다시피 했다. 돌 하나가 떨어진 지극히 사소한 일을 최근에 무슨 심각한 사건 취급해 체제에 맞서는 적들의 소행으로 밀어

붙인 걸 보면(관찰자들의 증언에 따르면 비밀경찰 자체의 소행임이 분명한) 새로운 공포정치가 이집트 전체를 덮치려 함을 알 수 있다는 것.

그가 기술한 원인 분석은 진정한 걸작이라 할 만했다. 그것은 서른아홉번째 서판에서 일흔두번째 서판, 즉 이 보고서의 심장부에 기록되어 있었다. '조심해라, 멍청한 놈.' 그는 힘겹게 어둠을 가르며 달리고 있을 마차꾼에게 마음속으로 외쳤다. 매번 전달 사항을 보낼 때마다 그는 마차와 함께 마차에 실린 서판들이 모조리 전복될지 모른다는 두려움에 시달리곤 했다. 특히 보고서의 심장부가 파손된다면 안타까움이란 이루 말할 수 없을 터…… 그 지점이야말로 중심축에 해당하니까…… 어쩌면 그곳에 안치소가 있을지도!……'맙소사!' 그의 마음속에서 신음이 터져나왔다. '이집트의 이 피라미드가 우리 모두를 병들게 하겠군……' 머릿속에서 아무리 피라미드를 몰아내려 해도 만사를 그것과 연관지어 생각하게 되었다. 아내의 성기마저도, 그가 침투하려는 순간 왠지 끔찍하고도 무한히 신비로운 무언가로 여겨지며 그 깊은 곳에 죽은 이를 모시는 벽감 같은 것이 있겠거니 싶었다.

그는 이제 원인 분석 쪽으로 생각을 집중했다. 그가 최대한 명백히 밝히려던 입장은 피라미드의 완성과 더불어 아마도 삶이 새롭게 변화하지 않았나 하는 것이었다. 일종의 긴장 완화나 진정 국면으로 이어진 이 변화는 이집트 왕국으로서는 심히 우려할 만한 상황이었다. 한동안 이곳 대신들은 걸핏하면 수메르 왕국을 탓하는 악습에 몸을 맡겼고, 될 대로 되라는 식의 이런 태만을 바빌로니아의 악영향으로 설명했다. 심지어 파라오의 피라미드와 메소포타미아의 운하 사이의 유사성을 옛날처럼 찾아내기도 했다. 얼핏 보아 둘은 서로 무관한 듯했고 둘 사이에선 돌과 물이 지니는 관계 정도밖에 찾을 수 없었지만, 양편 모두 국가의 기반으로 작용한다는 점에서는 일치했으니 말이다. 이점에서 출발해 그들은 이집트인들이 보기에 몹시 유해한 생각에 이르렀다. 즉 바빌로니아의 운하는 적어도 땅에 물을 대며 사람들에게 혜택을 가져다주는 데 반해, 아무것도 주지 않는 피라미드는 일체의 타협을 불허하며 철저한 권력을 고스란히 구현한다는 것. 그렇게 그들은 상황을 설명해보려 했고, 결국 이런 타락은 수메르인들의 영향 때문도 그들의 운하 때문도 아니며, 한마디로 피라미드 자체가 원인이라는 판단을 내리게 되었다. 그렇다고 이제 마무리 단계에 있는 피라미드가 이제까지 그러했듯 이집트를 억압할 수 있는 것도 아니었다. 이집트는 옆으로 비켜서서 그 무게로부터 벗어나려 했다. 요컨대 피라미드로부터 달아나고 싶어했다.

세번째 부분이 보고서의 정점을 장식했다. 아흔번째에서 백스물두번째에 이르는 서판들. 해결책의 모색. 비밀회동에 침투한 첩자들이 수집한 단편적인 정보들. 또다른 피라미드를 계획중이라는 소문들. 피라미드의 일부를 허물고 다시 지을 거라는 소문. 치명적인 오류와 관련해 진행되고 있는 수사······

대사는 잠들지 않으려고 팔꿈치를 괴어 몸을 일으켰다. 깜박 잠이 들려 할 때마다 누군가가 그 잠을 파괴하려고 안간힘을 쓴다는 느낌이었다! 사람인지 혼령인지가 떼거지로 몰려와 돌을 하나씩 낚아채서는 밤 속으로 사라졌다······ 수석 마법사와 건축가는 피라미드가 새끼를 치게 해달라고 간곡히 기원했다. 하지만 피라미드는 불임이었다. 사절 자신의 아내처럼. 피라미드와 같은 젖을 먹고 자라는 자매를 만들려는 걸까? 그러려면 시간이 얼마나 걸릴까! 한 단 한 단 쌓아가며 거듭되는 고뇌의 연속. 맙소사!

이집트는 이 혹이 없으면 살 수 없을 듯 보였다. 이 부분에서 백스물두번째 서판이 시작되었다. 또다른 피라미드를 만들지 않는다 해도, 큰 피라미드를 손보지 않는다 해도, 사람들이 두 손 놓고 있지는 않을 거라는 생각이 그 서판에 새겨져 있었다. 그렇다, 그들은 때려부수고 말 것이다…… 안 그러면 다른 걸 계획하든지……

그렇게 백스물세번째와 백스물네번째 서판이 이어졌다. 다음 차례인 백스물다섯번째 서판이 헛된 희망을 품게 하는가 싶었는데, 잇따르는 서판들은 더한층 암울한 색조를 띠었다. 좀 지나치게 구운 백스물일곱번째 서판도 그랬다. 마찬가지로 준엄한 인상을 주는 백스물여덟번째 서판은 굽는 과정에서 애도의 완장 같은 검은 줄이 생겨 있었다. 그리고 피라미드의 진정한 정점이라 할 만한, 이 모두를 종합하는 핵심적인 내용이, 마지막 서판인 백스물아홉번째 서판에 새겨져 있었다. 이집트에서는 유례없는 공포의 겨울을 예상하고 있다는 것.

사절은 베개 위에 털썩 머리를 뉘었다. 그 순간 베개가 사기처럼 깨지는 느낌이라 또다시 잠이 달아났다. 시나이사막을 달리는 마차에 다시 생각이 미쳤다. 지금쯤이면 점토판들은 차게 식었을 테고, 그의 보고서도 시신처럼 얼어붙었을 게 틀림없었다.

IX
의혹으로 뒤덮인 겨울

매 계절 사방에 의혹이 숨어 있긴 했지만 유독 그해 겨울은 의혹이라는 말이 기승을 부렸다. 의혹과 겨울, 이 두 단어가 너무도 단단히 얽혀 한몸이 되다시피 해 전자가 후자를 대체할 지경이 되었고, 실제로 그런 일이 벌어질 뻔했다. 그러니까 가을이 끝나갈 무렵 사람들은 하늘을 바라보며 "아, 드디어 겨울이군"이라고 말하는 대신 "드디어 의혹이군"이라고 했다든가, "무슨 일로 의혹이 이리 일찍 시작된다지?"라고 했다는 것 같았다. 또 초등학교 교사들도 학생들에게 "한 해는 사계절로 이루어진다. 봄, 여름, 가을, 의혹"이라 외우게 했다는 말이 있었다. 연구원인 A.K.가 예방책을 제시했음에도 불구하고 그런 일들이 정말 일어난 모양이었다. A.K.는 적수인 자쿠브 하르를 고발하는 자신의 세번째 서신에서, 그런 식의 바꿔 말하기를 처음 퍼뜨린 사람이 자쿠브 하르라고 주장했다. 아직 파라오에게 올리지는 않았어도 자신이 온전히 확보한 증거자료들이 있다고. 타락한 자쿠브 하르가 사악한 의견을 내놓은바, 겨울뿐 아니라 모든 시간을 통틀어 그렇게 불러야 한다는 것, 즉 시간이라는 단어를 의혹으로 대체해야 한다는 것이었다. 이 세번째 고발장에는 또다른 사실도 기재되어 있었다. 구제불능인 자쿠브 하르는 고령의 아내를 임신시키려는 노력이 계속 수포로 돌아가자 이 세상의 시간은 소진되었고 자신은 사람들의 삶에서 밀려났다고 믿게 되었다는 것, 결국 그는 개나 자칼의 시간이 아니라면 지옥의 시간임이 분명한 또다른 세상의 시간을 빌려올 수밖에 없었다는 것이었다. 어쨌거나 A.K.가 제안한 그 모든 예방책에도 불구하고—그중 열한번째는 자쿠브 하르를 거세해야 한다는 것이었다—일이 닥치고야 만 것이다. 봄에 한층 강도 높은 조사가 시행되지 않았다면, 겨울이 의혹의 계절로 정의된 만큼 봄은 대의혹의 계절로 간주되었을 터였다. 여름으로 말하자면 못 견디게 후덥지근해 무어라 규정할 수 없는 지경에 이르렀고, 가을은 한술 더 떠 여태 그렇게까지 늦게 온 적이 없었으므로 사람들은 이 계절이 올까봐 두려워하게 되었다. A.K.에 따르면 자쿠브 하르의 그 불길한 이론 역시 공포를 부채질하는 데 한몫했다.

그래서 유독 겨울만 그런 이름으로 남게 되었다. 사람들은 흔히 재난의 절정을 기억하기보다 그 양끝, 즉 시작과 끝을 기억하는 법이지만, 이 경우엔 아직 끝날 조짐이 보이지 않았기에 이들 공동의 기억이 심연의 언저리로 쏠린 터였다.

보통은 중대한 수사일수록 건물을 지을 때 그러하듯 사건의 기본이 되는 심부를 파고들어야 하는 법이고, 수사의 심각성은 범죄가 저질러진 장소와 시간에 좌우되기 마련이었다. 두세 주 전에 저질러진 범죄의 경우, 수사는 최근 사건을 다루며 강한 인상을 남길지 몰라도 해당 범죄는 그저 일시적인 무언가로 축소될 수 있었다. 반면 사십여 년 전에 저질러진 범죄의 수사라면, 반세기의 먼지를 뒤집어쓴 사건일지언정 국가의 눈은 피할 수 없다는 사실을 증명함으로써 첫눈엔 몹시 끔찍한 일로 보이겠지만, 그래도 진앙이 아주 먼 지진처럼 사람들의 불안을 감소시킬 수도 있었다.

그 겨울의 수사는 이 양극단을 모두 비켜나 있었다. 길다고도 짧다고도 할 수 없는 칠 년 전에 저질러진 사건이었으니, 적어도 두 세대에 걸쳐 공포를 유발하기에 충분한 시간이었다.

범죄가 저질러진 장소와 관련해서는 기이하기 짝이 없는 상황이 벌어졌다. 수사과정에서 작성되는 보고서는 으레 두 장소를 구별짓기 마련이었다. 즉 현실의 장소(시신이 누워 있는 무덤이나 살인이 저질러진 현장 등)가 그 하나요, 불가능한 공간이라 불리는 비현실의 장소(미친 시어머니의 광기나 악몽 등)가 다른 하나다. 하지만 새롭게 실시된 수사는 그 어느 쪽에도 해당하지 않으면서 양쪽 모두와 연관되어 있었다.

공식적인 발표대로라면 이번 수사가 밝혀내야 할 수수께끼의 열쇠는 피라미드 내부에 있었다. 축의 오른쪽, 백번째와 백세번째 단 사이 어딘가에 위치한 지점이었다. 칠흑 같은 어둠 속에서 돌들이 들러붙어 있는 곳, 인간의 이성으로도 실성으로도 감지할 수 없는 무한한 고통이 자리한 곳이었다.

수수께끼는 해독될 듯싶으면서도 불가해해 보였다. 피라미드 해체는 있을 수 없는 일이므로 (대부분의 사람들이 믿기에) 수수께끼는 풀리지 않을 것 같았다. 그래도 어느 날 아침 더위와 권태에 짓눌린 쿠푸가 이제껏 어느 파라오도 생각지 못한 일을 벌이기로 마음먹을 수 있지 않을까? 피라미드를 한 단 한 단 분해해 악惡이 자리한 지점까지 도달하라는 명령을 내릴 수도 있지 않을까? 이렇게 묻는 사람들이 생겨났다.

저마다 수수께끼가 지닌 양면성에 경악을 금치 못했다. 수수께끼는 돌들을 보호막처럼 덮어쓴 채 바로 곁에 있었다. 이 세상도 저세상도 아닌 두 세상 모두에 속한, 무덤 속에 산 채로 매장된 생명체 같았다.

이제 사람들은 일이 시작된 경위를 알고 있었다. 칠 년 전 보름달이 뜬 밤 자칼의 울부짖음과 함께 시작된 일이었다. 돌덩이를 쫓아 아부시르 채석장에서 멤피스 부근까지 사카라사막을 건너온 자칼이었다. 한 명 이상의 증인이 그 경로와 함께 다른 몇 가지 세부 사항들을 뒷받침해주었다. 마법사 제제르카레세네브가 횃불을 들고 밤새도록 피라미드 위에서 헤매고 다녔다. 문제가 되는 돌의 정확한 위치 및 돌의 여정이 마침내 멈춘 지점을 횃불의 떨림을 통해 추측해보기 위함이었다. 그는 자신이 수집한 정보들과 증인들이 내놓은 증언들을 대조했고, 특히 채석장의 화물 인도 통지서를 자세히 살펴둔 바였다. 그런 다음 선박 및 수로 관리국의 돌 선적 신고서와 두 차례에 걸친 검사필증도 확인했으며, 이 필증들과 전혀 상관없는 여러 복잡한 계산도 검토했다. 그 결과 그 치명적인 돌이 남쪽 면에 자리한 20만 4093번째 돌, 즉 총목록에 92 308 130393 6이라는 번호로 올라 있는 돌이라는 사실을 알아냈다.

왠지 숫자가 이상해 보였지만, 모두의 관심은 돌덩이의 번호보다는 피라미드 안에 숨겨져 있다는 그것에 더 많이 쏠렸다.

대부분의 사람들은 어떤 파피루스를, 다시 말해 공갈 협박이나 모종의 위협을 내포하는 비밀문서를 상상했다. 아니면 자쿠브 하르의 예언처럼 시간의 흐름이나 리듬이 난데없이 바뀌게 될 경우 앞으로 어떻게 대처해야 하는지를 알려주는 문서일 수도 있었다.

번호가 이상하긴 해도 일단 어느 돌인지 확인하자 사람들은 다소 안도감을 맛보았다. 그래 봐야 돌덩이 하나에 불과하지 않은가. 어떤 채석장에서 채취되어 석수들 손에 다듬어지고, 너그럽거나 침울한 눈을 한 검사관들의 검열을 받고, 창고 책임자들의 소인이 찍히고, 여덟 개의 노가 달린 배에 실려, 물소가 끄는 마차로 운반된 돌덩이. 그 마부들 역시 동료 마부들처럼 물소를 모는 내내 욕을 하고 고함을 지르고 침을 뱉어댔을 테고, 술에 취해 길가 질척한 밭으로 농사꾼 여자를 밀어넣기도 했을 터였다. (때론 진창 속을 구르며 머리에서 발끝까지 진흙을 뒤집어써 누가 누군지 알아볼 수 없는 통에 자기들끼리 서로 물고 빨았겠지.) 그러고 나면 중앙 보관창고에 입출고된 돌들을 기재하는 관리들과 다른 검사관들을 비롯해 경사로에 돌을 올려 고정시키는 인부들, 돌을 끌거나 미는 인부들, 감독관들, 그리고 최종적으로 돌을 놓는 인부들이 제각기 임무를 수행했을 것이었다.

도합 사백 명, 많아야 육백 명 남짓의 인원이었다. 그런데 채취된 돌덩이는 이미 칠 년 전에 꼼짝없이 갇힌 상태였으니, 돌을 놓는 과정에 참여했던 불쌍한 군상 절반은 이미 이 세상 사람이 아니었다. 고로 살아남은 자들 모두를 체포하고 그들의 가족과 친지, 술친구, 심지어 애인이나 그들에게 매독을 옮긴 자들까지 체포한다손 치더라도 그 수는 이천이나 삼천 명을 넘지 않을 것이었다. 사람들이 개미집처럼 북적대는 이집트에서 그 정도는 아무것도 아니었다.

그러나 이런 사실을 확인한들 별 소용이 없었다. 돌의 번호로 인해 야기된 애초의 걱정들이 되살아났다. 우선 사람들은 번호에 포함된 두 숫자가 이웃한 돌들의 숫자들과 중복되지는 않을지언정 그것들과 나란히 놓일 수는 없다는 사실을 알아냈다. 하지만 잇달아 닥친 난관에 비하면 그건 아무것도 아니었다. 아무래도 돌의 번호는 전혀 현실성이 없어 보였다. 그러니까 어느 돌을 말하는지는 명백했지만 그 돌에 주어진 번호는 완전히 잘못된 것이었는데, 비밀지령 혹은 적을 혼란에 빠뜨리려는 계략 등으로 쉽사리 이유를 추측해볼 수 있었다. 돌이 놓였으리라 추측되는 열은 물론 중심축과 관련된 돌의 좌표 역시 옳은 것이 아니었다.

그걸로 충분해, 며칠 안 가 이집트 전체가 뇌졸중에 걸린 듯 보였다. 새로운 소문들이 사방으로 우물쭈물 힘겹게 퍼져나갔다. 또다른 번호가 문제였다. 최근에 누설된 정보에 따르면 그 돌은 훨씬 더 깊은 곳, 그러니까 파라오의 안치소 높이쯤 되는 열다섯번째 열에 박혀 있었다. 그저 돌 하나가 아니고 한 열 전체, 아마도 백네번째 열이 문제시된다는 보고도 있었다. 그런가 하면 다른 돌덩이들, 다른 단들이나 반층짜리 단들에 대한 언급이 모두를 불안하게 했다. 그 전날까지만 해도 사람들은 아부구로브 채석장이나 열번째 혹은 아흔번째 열에서, 아니면 가짜 문을 제조하는 작업장에서 일했던 시절을 흡족한 마음으로 떠올렸는데 말이다. 비난받을 일이 전혀 없었던 그들은 당당히 말할 수 있었다. "그래! 소싯적에 우린 모두 정직하게 일했지. 수상쩍은 일들이 시작된 건 나중이라고." 그러던 사람들이 자기들이 만든 단에 대한 수사가 진행될 거라는 말을 듣자 허겁지겁 달아나 집안에 숨어 찬물에 적신 수건으로 머리를 감싼 채 정신이 돌아버리기를 기다렸다.

그사이 체포는 한 건도 없었지만 그것도 좋은 징조는 아니었다. 달라지지 않은 거라고는 거리와 시장이 텅 비었다는 사실뿐이었다. 늘 그랬듯 향수 가게들이 맨 먼저 문을 닫았고, 연이어 무두장이 가게와 술집, 여인숙이 문을 닫았다.

이집트는 보이는데 이집트인들은 대체 어디 가고 없는 거지? 쿠푸가 마련한 접견식에 참가하고 나온 수메르 외무대신이 마차를 타고 수도를 가로질러가며 이렇게 외쳤다는 보고도 있었다.

행인들이 몸을 피하자 결국 그 대신은 자신과 대화할 의향이 있는 단 한 사람, 주정뱅이 유유에게 같은 질문을 던졌다.

"이집트인들이 다 어디로 갔냐고?" 유유는 문을 닫은 술집 테라스를 비통한 눈으로 흘깃거리며 대답했다. "그야 내 똥구멍이지, 거기 아니면 그들이 어디에 박혀 있겠어?"

그는 외무대신의 부인에게 은근한 눈짓을 보내고는 마부에게 한바탕 소리를 지른 뒤 비틀대는 걸음으로 멀어져갔다.

수사가 점차 모든 이들에게 차례로 확대되어 이제 그 어느 때보다 많은 인원이 연루되었다. 개중에는 피라미드 건축에 한 번도 동원되지 않았던 사람들은 물론이고 건강상의 이유로 채석장이든 피라미드 어느 단이든 아예 발을 들여놓은 적이 없는 이들도 끼어 있었다. 거의 불구가 된 몸을 쉴새없이 떨어대는 늙은 귀족들이나 정오가 되어서야 잠자리에서 일어나는 상류층 부인들도 예외가 아니었다. 그들 모두가 작업 현장에 온몸으로 참여했던 사람들과 똑같이 악취와 흙먼지 속에 한데 섞이고 뒤얽혔다.

이런저런 수사망이 기어이 누군가의 덜미를 잡아 몸을 숨긴 고치에서 끌어내서는 잘못이 시작된 시점인 사 년, 칠 년, 혹은 십사 년 전으로 그를 되돌려놓곤 했다. 쉽사리 덜미가 잡히지 않는다 싶으면 본인 스스로가 그 망에서 벗어나려다 오히려 얽혀들어 옴짝달싹할 수 없는 꼴이 되었다. 그런 식으로 몸은 아직 따스한 잠자리에서 쉬고 있을망정 정신은 공포에 질려 자기 몫의 잘못을 만회하려고 동이 트기도 전에 집을 나섰으니, 그 옛날 피라미드를 쌓는 데 참여했던 무리가 뜨거운 해 아래 채찍질을 당하며 일을 하러 떠날 때와 같은 처지였다.

잘못된 숫자들에 대한 수사가 계속 이어졌다. 결국 사람들은 맹인처럼 헤매고 다니며 저마다 자신이 일한 돌 혹은 단을 찾아 쉴새없이 오르내리며 중얼댔다. "아니, 이 돌이 아니야. 내가 넘어진 곳은 마흔네 번째 단이야." 그들은 흐느껴 울며 서로를 불러대거나 비난했고, 기어들어가는 목소리로 자비를 구했다. 어떤 이들은 가짜 문들에 가 부딪치며 알아들을 수 없게 변해버린 목소리로 물었다. "누구 있소? 여기가 암흑의 왕국이군…… 맙소사, 여긴 모든 게 꽁꽁 얼어붙었어!" 그럴 때면 그들 눈앞에 기이한 환영들이 떠올랐다.

이제 분명해진 사실이 있었다. 완성 단계에 다다른 피라미드가, 아직 끔찍하고 혹독한 작업이 진행되던 당시보다 열 배는 더 큰 고통과 상처를 야기하고 있다는 것. 아침에 그 매끄럽고 완벽한 모서리와 면들이 차디찬 침묵 속에 빛을 발하는 모습을 멀리서 바라보노라면 사람들은 자신들의 눈을 믿을 수 없었다. 저토록 숭고한 형체가 정말로 사람들을 주야로 짓이겨대는 그것이란 말인가? 어둠이 내리면 그 몸통이 조각조각 해체되고 말 것이 분명했다. 중심축에서 떨어져나온 단과 버팀돌, 그밖의 모든 돌들이 피와 진흙 범벅이 되어 엄청난 굉음과 혼란을 야기하며 달려들고, 사방에 죽음의 슬픔을 퍼뜨릴 터였다.

어쨌거나 수사는 진행되었다. 숫자들은 여전히 오류였고, 무수한 사람들이 끊임없이 피라미드 위로 기어올라갔다. 무슨 기원과도 같은 신음소리들이 들려왔다. "오, 일곱번째 단아, 무너져내려라!" 혹은 "세번째, 오, 세번째 단이여, 네 위에서 난 재가 되고 죽음을 맞노라." 그 사이사이로 누군가가 내지르는 잠꼬대도 들렸다. "천이백팔십오번째 돌, 천이백팔십오가 나가신다, 길을 비켜라!" 그런저런 고함소리가 줄곧 사람들의 귓전을 때렸다.

단들의 번호가 거꾸로 매겨지기 시작하는 지점에 이르면 혼란이 극에 달했다. 수백 명의 사람들이 당황하여 균형감각을 잃은 채 그곳에서 헤매었다. 고개를 드는 순간 별안간 물구나무선 느낌을 받거나 아니면 그런 느낌이 드는 순간 고개를 들었다. 서로에게 필사적으로 매달리는가 하면 입에 거품을 물고 서로 괴롭혀대다가 종내 울음을 터뜨렸다.

사방에 널려 있는 혼란과 회오리치는 흙먼지에 시달린 그들은 규칙의 준수와 질서만을 꿈꾸었고, 그걸 위해서라면 못할 일이 없었다. 예컨대 그들은 자신 혹은 지인들이 일했던 채석장이나 돌덩이나 단의 번호를 외투 소매나 심지어 등짝에까지 꿰매두었는데, 그렇게 하면 아무도 착각하지 않을 것이며 잠두콩가게 주인조차 그들을 향해 이렇게 외칠 터였다. "어이, 저기 다섯번째 단(아니면 오십만번째 돌, 혹은 구르네트무라이 채석장이나 그 밖의 다른 곳) 출신, 새치기할 생각 말아!" 장사꾼이나 경찰이 규율을 지킬 것을 명하며 그들을 그렇게 부른다 해도, 각자에게 쏠리는 끈질긴 의혹을 끝장낼 수만 있다면 상관없었다. 혹시라도 동네 경찰이 한 주 내내 그들을 곁눈질로 훔쳐보던 참이라면 말이다. 또 어느 무더운 오후에 일흔일곱번째 단에서 일한 사람들 모두가 변절했다는 소식이 들려오고 경찰이 악의어린 눈으로 '너도 이 수상한 놈들 가운데 하나지?' 하고 묻듯이 노려보기라도 한다면 더욱 그랬다. 그러면 그들은 이들 코앞에 자신들의 소매를 들이밀며(빈 소매라면 그걸로 상대방의 얼굴을 닦아주면서) 말할 수 있었다. "난 마흔네번째야. 알겠지? 자네 그 고양이 눈으로 겁을 주려거든 다른 사람이나 찾아봐. 나한텐 어림 반푼어치도 없으니까. 내가 삼십만 이천오십구번째 돌에다 팔을 잃었을 때 자넨 아직 엄마 젖을 빨고 있었다고!"

이런 말을 늘어놓고 있노라면 그들은 마음속에서 무언가가 번갈아 생겨났다 없어졌다 하는 것이 느껴졌다. 피라미드를 향한 감정도 순식간에 이렇게저렇게 바뀌었다. 하루는 그 완벽한 자태 앞에 엎드려 경배를 바치며 오로지 그 체계의 일부가 되고픈 마음밖에 없다가도 다음날이면 저주를 퍼부으며 모든 악을 그것의 소치로 돌렸다. 그러고 나서는 모든 책임을 스스로 떠맡으며 만사를 운명이라 여겼고, 마침내 황홀감에 멍해지는가 싶다가는 다음날 증오로 하얗게 질리는 현상이 이어지는 것이었다.

오벨리스크들에 새겨져 있거나 상당 부분 입에서 입으로 전해내려오는 오래된 풍설에 따르면, 피라미드는 하늘과 땅 사이의 균형을 상징했다. 피라미드가 하늘의 빛과 땅의 암흑을 빨아들이면 동굴 안에서처럼 그 둘 사이에 내통과 교합이—심지어 근친상간이—안에서 은밀히 성사된다고들 했다. 그런데 이 풍설이 이제 달리 해석되었다.

그 안에서 무슨 일이 꾸며지고 있음에는 의심의 여지가 없었다. 빛이 돌들의 견딜 수 없는 무게에 짓눌려 암흑이 되었다가 다시 금강석처럼 빛나는 새로운 광채가 되듯, 찬미 역시 증오로 새카맣게 타들어간 뒤 새로운 외관으로 태어났다.

아무리 넋이 나가 있었어도 사람들은 분명히 알았다. 피라미드는 천상의 종자나 빛을 빨아들인다기보다 이집트를 통째로 먹어치우는 무엇이라는 것을. 이미 세워질 때부터 피라미드는 이집트를 집어삼켰고, 이제는 반추하는 물소처럼 삼킨 걸 되씹고 있다는 주장도 있었다.

늘 그랬듯 이 점에서도 의견이 맞서서, 이런 일을 재난으로 규정하는 사람들이 있는 반면 더없는 축복으로 여기는 이들도 있었다. 후자의 생각으론, 그들이 겪은 속박과 축적된 고통을 떨치고 새로운 이집트, 수정처럼 맑게 빛나는 이집트가 탄생하는 중이었다. 우리를 포함해 그런 이집트를 향유하게 될 이들은 복되도다!

그러는 동안에도 수사는 계속 진행되었다. 예나 다름없이 진술서가 빼곡히 담긴 상자들과 서류들이 앞 못 보는 말의 등에 실려 아몬신전까지 옮겨져서는 해가 지기 전에 심의국에 전달되었다. 그곳에는 기이하기 짝이 없는 잡다한 증거물들이 뒤죽박죽 뒤섞인 채 쌓여 있다고들 했다. 이를테면 트로이 사신들이 가져온 아직 해독되지 않은 보고서들, 썩은 치아들, 벤트 아나트 노파가 매춘부들의 임신중절을 위해 사용한 철삿줄, 피라미드 맨 첫 단의 돌덩이들과 열두번째 단을 쌓은 삼천팔백 명에 달하는 자들의 이름, 삼 주 전 수메르 대사가 목을 매는 데 사용한 밧줄, 짓이겨진 전갈이나 종려나무 이파리, 이중의 의미를 지니는 시들, 추정컨대 마법사 사 아세트가 떠나기 전날 밤 이집트를 저주한 곳인 파라프라의 오아시스에서 가져온 모래 등등. 그 끔찍한 일이 시작된 10월 중순의 잊을 수 없는 밤, 큰 소리로 울부짖으며 돌을 따라갔다던(돌의 이름과 출처는 아직 미지수였다) 그 유명한 자칼의 뼈도 있다고 했다.

무엇을 근거로 증거자료들을 조합했는지는 그 누구도 분명히 알 수 없었으며, 수사관들 자신조차 예외가 아니었다. 예컨대 베헤데트의 수렁에서 건져낸 바퀴가 든 상자 안에 시인 네부네네프의 「오래된 채석장」이라는 시가 함께 들어 있는 이유는 도대체가 미지수였다. 바퀴는 바빌로니아 대사의 사륜마차 바퀴라 추정되는바, 이 대사는 반역죄를 범한 재상 호르무야에게 독극물이 든 병을 전달했던 사람이었다. 네부네네프의 시 「오래된 채석장」과 함께 동료 시인인 아멘헤루네메프의 악의에 찬 해석도 그 안에 들어 있었는데, 그의 주장에 따르면, 룩소르의 오래된 채석장(피라미드 첫 네 단에 사용된 돌들의 출처이기도 한)을 향한 네부네네프의 지나친 애정은 국가에 대한 원망이라고까진 할 수 없어도 자신의 불만을 표현한 것으로, 다음의 시구에 그 감정이 뚜렷이 나타나 있다는 거였다. 오늘 달빛 아래 홀로 버려져 / 그 옛날 피라미드들을 낳았던 / 자랑스러운 네 젊은 시절을 회상하는구나……

이 모두가 좀처럼 납득되지 않았는데, 같은 종이상자 안에서 수메르 대사 부인의 속옷이 발견되었으니 더더욱 알 수 없는 일이었다. 그런가 하면 바보 세트카에 대한 수사 결과를 담은 파피루스도 들어 있었다. 특히 피라미드가 언젠간 털로 뒤덮이게 될 거라는, 그의 입에서 나왔음직한 단언과 함께 예심판사의 질의도 들어 있었다. "털을 전부 뽑히고도 여전히 자백하지 않겠단 말이지?" 그러자 바보가 대답했다. "더 하고 싶은 말 하나도 없어. 해야 할 말은 다 했거든. 사실 털만 나는 게 아니라 눈도 생기고 이도 날 거야!" 이 말을 들은 사람들은 바보의 눈을 도려내고 이도 뽑아버렸다. 바보 자신이 직접 내뱉은 이 말만 아니었어도 그렇게까지 하지는 않았을 것을.

X
건축 완료:
피라미드가 자신의 미라를 요구하다

피라미드가 완성되었다는 소식을 처음 접한 수도의 주민들은 정신이 멍했다. 수많은 이들이 서로의 귀에 손을 갖다대고 소곤거렸다. "그러니까 수사가 끝났단 얘기지?" "이 사람아, 수사가 아니라 피라미드라니까!" "아, 피라미드……"

그들의 어깨는 서로 다른 작업 현장의 흙먼지로 아직 뒤덮여 있었고, 그들 귓속에서는 수사관들의 고함소리가 여전히 울려퍼졌다. "그러니까 자넨 아흔한번째 단에서 일한 적이 전혀 없단 말이지? 천오백이번째 돌을 나른 인부들과 말을 섞은 적이 한 번도 없단 말이군. 그러지 말고 고백하시지. 우린 모든 걸 훤히 알고 있다고!" 사정이 그러했으므로 기자의 작업 현장을 둘러싸고 일어나는 일들에 대해서도 사람들은 오랫동안 무관심한 태도로 일관하던 터였다.

그런데 그사이 꿈같은 일이 벌어져 피라미드가 정말로 완성된 것이었다. 북쪽 면의 상부를 비롯해 불가해하게도 아직 외장 공사가 되지 않았던 다른 면들 역시 매끄러운 판들로 덮여 마무리된 모습이었다. 진짜 돌들, 아주 먼 곳에서 먼지에 싸여 은밀히 운반되어 온 우툴두툴한 돌들은 얇은 석회질판들의 막 아래로 모습을 감추었다. 뒤늦게 도착한 네 개의 마지막 돌덩이가 자리를 잡았고(얼굴을 검은 베일로 가린 사신이 오후 늦게 명령을 전달했다), 피라미드의 정점을 장식할 위풍당당한 돌도 인양되었다. 금박을 입힌 이 돌이 달이 떠오르기 전 발하는 빛은 왠지 모르게 연민과도 흡사한 감정을 불러일으켰다. 그 돌을 제자리에 놓는 순간부터 다음날 새벽이 올 때까지 사람들은 기다렸다. 하늘이 피라미드의 뾰족한 끝에 찔려 붉게 물들고 단들 위로 피가 방울방울 떨어져내릴 거라 믿으면서. 하지만 그런 일은 일어나지 않았다. 일꾼들은 돌덩이들을 끌어올리는 데 사용한 마지막 경사로를, 즉 피라미드의 정상을 땅과 이어주는 그 최종적인 고리를 신생아의 탯줄 자르듯 지체 없이 철거했다.

일반의 관심사는 피라미드 외부와 꼭대기에서 일어나는 일들에 주로 집중되었지만, 한층 중대하고 복잡한 작업들은 더 아래쪽, 피라미드 내부에서 진행되었다. 검은 화강암문들이, 또 누가 봐도 진짜라고 여겼을 가짜 문들이 닫혔다. 이어 그 밖의 다른 문들─그것들을 열면 막다른 통로들로 이어질 거라 믿을 수밖에 없는 문들─도 닫혔다. 내부 공사를 맡았던 이들, 이른바 죽음의 석수들이라 불리던 이들은 끊임없이 두통에 시달렸다. 그들은 가짜 미닫이문들의 비밀을 모르는 척했고, 진짜일지 모르지만 가짜라고 믿고 싶거나 아니면 그 반대인지도 모르는 문들의 비밀에 대해서도 마찬가지였으니, 결국 머릿속이 뒤죽박죽 된 그들은 아무것도 분간할 수 없게 되었다. 자신들이 나서서 선수를 쳐야 할지, 아니면 반대로 운명에 맡길 것인지 자문하며 정신병자처럼 맴돌거나, 찡그린 미소를 짓거나, 한숨을 내쉬고 눈살을 찌푸렸고, 이 모두가 진짜인 양 시늉하다 마침내 더는 어쩌지 못하고 주저앉아버렸다. 그러다 마지막날 밀랍처럼 창백한 안색으로 피라미드 밖으로 나왔을 때 그들이 본 건 손에 도끼를 든 채 기다리는 군인들이었다. 피라미드의 미로 속을 방황하던 일들이 얼마나 부질없는 짓이었는지 그들은 깨달았다. 그들이 부린 술수도 속임수도 부질없었고, 가짜 문들 혹은 가짜 통로로 이어지는 진짜 문들을 앞에 두고 진짜라고 믿는 척하거나 정말로 믿었던 것도 마찬가지였다. 이미 스무 해 전, 수석 설계가 헤미우누가 파피루스에 피라미드의 윤곽을 처음 그려나간 11월의 그날, 그들의 운명은 결정되었던 것이다. 피라미드의 높이와 방위, 경사, 축을 비롯해 돌들이 지니는 엄청난 압력의 분배 등 기타 무수한 숫자와 문구 사이에 눈에 띄지 않는 작은 표지가 들어 있었음이 분명했다. 예를 들면 죽음을 뜻하는 무슨 기호가. 그들 자신의 죽음을 뜻하는 기호. 이 죽음이 없다면, 세상의 끝날까지 수수께끼로 남아야 할 완결된 체계는 완벽한 것일 수 없었다. 이는 죽음이라는 말이 피라미드의 신성한 양식 속에 처음부터 각인되어 있었다는 뜻이기도 했다.

군인들의 손에 들린 도끼 앞에 무릎을 꿇고 있으면서도 이들은 마지막 순간까지 희망의 끈을 놓지 않았다. 파라오의 시신이 피라미드 안으로 들어가게 되는 날 비밀입구를 열어젖힐, 은총을 입은 소수의 무리 가운데 낄 수 있지 않을까 하는 희망이었다. 수석 설계가가 집행유

예를 받은 이 사람들을 손으로 가리켜 한쪽에 모여 서게 했다. 도합 열한 명이었다. 다른 이들은 희망을 모조리 상실하고 고개를 숙였다. 몇몇은 가족과 친지에게 전할 유언을 남겼고, 대다수는 "파라오 만세!"를, 두 사람만 "죽어라, 쿠푸!"라고 외쳤다.

피라미드의 정점이 하늘에 생채기를 내 그 꼭대기에서 피가 흐를 거라 믿었던 사람들의 기대와는 달리, 피는 돌무더기 발치에서 튀었다.

새벽녘, 집행유예를 받은 이들은 유개마차에 실려 미지의 목적지를 향해 떠났다. 그렇게 점점 멀어져가는 내내 그들은 수직 통로의 출구가 자리한 피라미드 꼭대기에서 눈을 떼지 못했다. 쿠푸의 장례식 날 그들은 피라미드의 모든 문을 안쪽에서 차례로 잠근 뒤 그 출구를 통해 밖으로 나올 것이었다. 머리를 통로 밖으로 내밀기 무섭게 죽음을 맞으리라는 걸 그들도 알았다. 하지만 꼭대기가 너무 높아 피라미드 발치에 장례식을 치르느라 밀집한 군중은 아무것도 눈치채지 못할 터, 피라미드 한쪽 면 위를 더럽힐 피는 말할 것도 없었다.

어쨌거나 그건 아직 먼 훗날의 이야기였다. 그때까지 자신들의 생명이 마치 금사슬로 연결되듯 파라오의 생명과 연결되어 있다고 생각하자 그들은 돌연 엄청난 기쁨에 사로잡혀 노래를 부르기 시작했다. 아니, 노래를 부르고 있다는 느낌이었다. 사실 그들의 목에서 나오는 소리는 끔찍한 헐떡임에 지나지 않았으니까.

어떤 공식적인 의식도 마련되지 않았건만 수도의 주민들은 물론 외국사절들까지 피라미드를 보려고 대거 모여들었다. 장엄하고 위풍당당한 그 외관과 높이에 외국인들은 환호와 감탄을 터뜨렸는데, 막상

이집트인들은 어깨를 으쓱이고 서로 은밀한 눈짓을 나누면서 그들과 반대되는 말을 하지 않도록 자제했다. 지금 자신들 앞에 모습을 드러낸 피라미드는 지나치게 매끄럽고 연약해 보였다. 눈에 보이지 않는 악마의 신비로운 힘을 연상시키는 무슨 밀랍인형 같다고 할까. 그들의 또다른 피라미드로 말할 것 같으면, 그 돌들이 주는 중압감과 숨막히는 열기에 몸과 마음이 소진되었을 뿐 아니라 그 긴긴 통로를 끝없이 헤매고 다녀도 앞으로 얼마가 더 남았는지 알 수 없었는데 말이다.

이제는 어느 것이 진짜 피라미드이고 어느 것이 그 환영에 불과한지 그들 자신조차 알 수 없었다. 둘 중 누가 누구를 낳았는지 알 수 없었고, 누가 누구를 지배하는지는 더더욱 알 수 없었다.

그들 대다수는 다른 피라미드, 즉 그들 자신의 피라미드가, 연기기둥처럼 뿌에서 아무도 그 높이와 변심거리를 알지 못하는 그 피라미드가 중심 피라미드라 생각했다. 그렇긴 해도 때때로 밀랍으로 된 그 모조품을 바라보노라면 정맥 속 피가 얼어붙고 금세라도 울음이 터져나올 것만 같았다. 양쪽이 다투어 불길함을 과시하는 듯했고, 하나는 눈에 보이고 다른 하나는 보이지 않지만 그렇게 둘이 쌍둥이로 태어난 게 아닌가 싶었다.

언젠가 그 모형을 흘끗 볼 기회가 있었던 이들은 더 큰 공포에 사로잡혔다. 고문을 가하기라도 하려는 듯 이제 피라미드는 느닷없이 오만가지 모습을 과시했다. 그때까지 그들은 피라미드가 무슨 악몽처럼 모습을 바꾸어가는 걸 지켜보아온 터였다. 연기회오리나 환각처럼 태어난 피라미드는 일정한 모형의 형태가 되었다. 그러더니 또 한번 팽창해 먹구름과 음모의 도가니로 바뀌어갔고, 이제 차갑게 식고 수축해

다시 모형의 모습이 된 것이다. 향후 어떤 새로운 형태를 띠게 될지 아무도 모를 일이었다. 어쩌면 실물과 그 그림자를 구분할 수 없는 마녀의 거울 속에서처럼 시간 속에서 이리저리 비약하게 되는 건 아닐까?

낙성식이 있던 저녁, 사람들은 환희의 축연을 기대했다. 다음날도 그랬고, 그주의 마지막날까지 그랬다. 그렇지만 목숨을 부지한 석수들의 가족들은 축연에 초대받는 대신 이 석수들의 잘린 혀를 받았다.

수도는 공포에 떨었다. 혀를 절단했기 때문만은 아니었다. 그거야 늘 있는 일이었으니까(일부 고위직 임명에는, 특히 경찰의 기록 보관소와 파라오의 궁정이라면 더욱 이 조건이 전제되었다). 그보다 이 혀들을 심부름꾼들을 통해 전달한데다 파라오의 문장이 든 파피루스로 감쌌다는 사실이 더 끔찍했다.

그렇게 해서 새로운 경종이 울렸음을 모두가 깨닫게 되었다.

예상했던 대로 수도는 훨씬 더 무거운 침묵 속으로 가라앉았다.

사람들이 얼마나 입을 열지 않았던지, 언어학자인 자쿠브 하르는 A.K.의 짤막한 보고서를 바탕으로 다음과 같이 예측했다. 그런 추세로 가다가는 삼 년 안에 이집트어는 절반이 사라질 테고, 십 년이 지나면 삼백 단어 정도밖에 남지 않아 개도 배울 수 있는 언어가 될 거라고.

단지 공포 때문에 이런 현상이 초래된 건 아니었다. 오래전부터 만사가 더 조용조용 이루어져왔으며, 소문을 퍼뜨리거나 공포를 조장하는 임무를 담당하는 기관들조차 침묵에 잠긴 듯했다. 왕궁의 전령이 울리는 북소리도, 문이 삐거덕대거나 사슬이 철커덕대는 소리도 원래 소리와 달랐다. 사람들은 꽤 오래전에 시작된 불만을 가지고 투덜댔다. 어떤 이들은 피라미드의 안치소가 비어 있다는 사실에 잠을 못 이루고 뒤척였다. 그 돌들이 영원히 갇혀 고통받는다는 생각에 괴로워하는 이들도 있었다. 그들은 마치 돌에 옷자락이 끼여 떠나지 못하는 사람처럼 줄곧 비탄에 빠져 지냈다.

다른 무엇보다 저항력이 강한 듯싶었던 영역인 수사에까지 불안이 드리웠다! 증거자료들은 모두 모래로 뒤덮였고, 일부 검찰측 증인들은 급속히 늙어 그들의 희생물이 될 사람과 두번째로 대면하는 순간 이미 알아볼 수 없는 모습이 되어 있었다.

첫 몇 달과는 달리 혼자 피라미드를 보러 가는 사람들이 점점 늘어 갔다. 거기서 저마다 자신들이 고발당했던 단을, 아니면 반대로 자신들이 누군가를 고발했던 단을 조용히 찾아보았다. "아니야, 여기가 아니야. 더 먼 곳이야." 그들은 이렇게 중얼대며 헤매고 다녔고, 결국 현장이 어디였는지 가늠하지 못한 채 경찰서로 가고 싶은 마음에 사로잡혔다. 그곳 철문을 주먹으로 두드리며 소리지르고 싶었다. "문 열어요, 어서 열어요. 우릴 소환해서 심문하시오. 안 그러면 우린 미쳐버리고 말 거요!" 그러나 취조 건물 역시 점점 침묵에 잠겨들었다. 심문관들 자신이 거동이 불편했던데다 기력이 다했다는 느낌을 받았고 시력 역시 현저히 약화되어 있었다.

그나마 명철한 정신을 유지했던 이들은 그처럼 전반적인 침체의 원인을 밝히려고 애썼다. 만사를 감싸고 있는 저 기만적인 빛과 피로감은 정말이지 뭐라 설명하기 어려운 것이었다. 모든 게 해체되고 무슨 유령이라도 본 듯 겁에 질려 주춤했다. 태만이 용납 안 되는 기구인 정보국을 졸음에 빠뜨린 요인을 밝혀내는 게 가장 만만찮은 작업이었다.

그보다 더 난감한 건, 박해받는 자와 박해자, 양 진영을 둘러싼 무겁고 이질적인 침묵이었다.

어떤 이들은 회의적인 얼굴로 고개를 저었다. "설명할 수 없는 걸 설명하려 들어선 안 돼." 그들은 그렇게 말했다. "무덤과 같은 침묵이군. 묘소들은 저마다 땅 아래 침묵을 두었어. 피라미드는 저 위에 두었고."

XI
슬픔

사람들이 그런 식으로 말한 건 파라오의 머릿속에서 무슨 일이 일어나고 있는지 몰랐기 때문이었다. 쿠푸는 침울한 생각에 잠겨 있었다. 과거에도 몇 번이나 환멸에 빠진 적이 있었다. 그의 딸이 들어선 잘못된 길처럼 한차례의 시련이 때론 한 인간을 꺾어놓기도 하지만, 파라오가 지금 느끼는 이 고뇌는 성격이 달랐다. 그건 한순간의 허탈함이 아니라 끝없이 펼쳐진 슬픔의 사막이어서, 모래 알갱이 하나하나가 그의 신음을 자아냈다.

이 같은 상태의 원인이 무언지 그는 오랫동안 전혀 알 수 없는 척했고, 심지어 무시해버리기까지 했다. 그러던 어느 날, 더는 스스로를 속이지 않기로 했다. 이 끔찍한 회한이 생겨난 건 피라미드 때문이었다.

공사가 완료된 시점에서 이제 피라미드가 그를 끌어당겼다. 그리로

가는 것밖에 다른 출구가 없는 듯했다. 특히 한밤중에 그는 땀에 흠뻑 젖은 채 깨어나 혼자 되뇌었다. "떠나야 해, 아! 떠나야, 떠나야 해, 그래, 하지만 어디로?" 어디를 가나 높이 치솟은 피라미드가 보였다. 멀리서 바라보면 마치 그를 부르며 말하려는 것 같았다. 어이! 쿠푸, 어디로 그렇게 가는 거지? 돌아와!

그는 사람들이 작업 속도를 늦춘다고 벌을 주었다. 그다음엔 정반대의 이유로, 즉 속도를 낸다고 벌을 주었다. 그다음엔 다시 그 반대였고, 그다음엔 또 아무 이유 없이 벌을 주었다.

마침내 피라미드가 완성되었다는 통지를 받았을 때 그는 완전히 넋나간 모습이었고, 심부름꾼들은 어찌할 바를 몰랐다. 그들은 칭찬을 들을 거라고, 열렬한 치하는 아니더라도 평범한 치하의 말이라도 들을 거라 기대한 터였다. 하지만 쿠푸는 입을 떼지 않았다. 텅 빈 시선이었다. 그의 침묵에 그들 역시 감염되어, 양편 모두 고뇌와 공허 속으로 침잠해버린 듯 함께 그렇게 멍하니 있었다.

아무도 그에게 피라미드를 보러 갈 건지 물을 용기를 낼 수 없었다. 왕궁은 무슨 죽음을 기리듯 점차 애도 속으로 빠져들었다. 여러 날째 아무도 쿠푸 앞에서 감히 피라미드 이야기를 꺼내지 못했다.

쿠푸는 피라미드에 대해 양면적인 감정을 느끼는바, 그것에 왠지 끌림과 동시에 증오심을 느꼈다. 피라미드 탓에 자신의 궁전까지 혐오하기 시작했지만 그가 피라미드 내부에 자리잡고 싶은 건 아니었다. 저세상으로 가기엔 자신이 너무 젊다 싶었지만, 그렇다고 이승에 계속 남아 있어도 좋을 만큼 젊은 건 아니었다.

어쨌거나 피라미드가 자신을 부르고 있다는, 어둡고 혼란스러운 기분에 빠져드는 날들이 있었다. 침실을 여러 번 바꾸었지만 어디를 가더라도 그런 기분의 파장을 벗어날 수는 없었다.

보름달이 뜨는 날이면 그는 마법사 제디와 함께 몇 날 밤을 두문불출했다. 제디는 마치 그를 잠재우려는 듯한 어조로 인간의 분신 카에 대해 이야기했다. 분신의 또다른 형태로서 새의 모습을 하고 고인 앞에 나타나는 바에 대한 이야기도 해주었다. 그런 다음에는 더한층 꺼져가는 목소리로 그림자와 이름에 대해 늘어놓았다. 그림자가 맨 먼저 주인을 떠나고, 이름은 마지막으로 떠난다고. "이름이야말로 여러 속성 중 주인에게 가장 충실한 것이지요."

쿠푸는 마법사가 말하는 내용을 하나도 놓치지 않으려 애썼으나 정신이 흐트러졌다. 어느 순간 그가 중얼댔다. "내가 스스로 내 소멸을 준비한 거로군." 하지만 마법사는 이 말에 표정 하나 변하지 않았다. "우리 모두가 그렇지요. 우린 살고 있다고 믿지만 사실 죽느라 시간을 보내고 있으니까요. 심지어 더 들썩거리며 살수록 더 빨리 죽는 법. 폐하께서 세상에서 가장 큰 무덤을 만들었다면 폐하는 세상 어느 누구보다 장수할 게 틀림없습니다. 다른 어떤 묘지도 폐하의 거처가 되기엔 모자랐을 겁니다."

"고통스럽구나." 쿠푸가 말했다. 마법사의 호흡이 마치 한차례 폭풍을 예고하듯 가빠졌다. 제디는 자신의 번뇌를 쿠푸에게 털어놓기 시작했다. "소신은 아무것도 잊지 못하는, 망각 불능 상태에 있습니다. 기억해선 안 될 것들까지 모조리 기억하고 있지요. 제 어머니의 뱃속 어둠까지 기억합니다. 제가 야수였을 적 발톱도 기억하고 있지요. 여느 피조물들처럼 털이 밖으로 나지 않고 몸속으로 파고들었어요. 동굴이 저를 부르는 소리마저 들립니다. 저 자신의 괴로움을 혼자서만 감당하며, 아무에게도 말하지 않습니다. 하지만 폐하가 겪는 고통은 차원이 다른 것이지요. 지금 폐하를 사로잡은 번뇌는 별의 번뇌입니다. 지상의 번뇌가 무얼 의미하는지 폐하는 모르십니다. 영영 모르시기를!"

"난 그 어떤 고통도, 설령 별들의 고통일지라도 알고 싶지 않아." 쿠푸가 말을 잘랐다. "사실 난 별들마저 싫어지기 시작했다."

"그러한들 놀라운 일이 아닙니다." 마법사가 받았다. "그러실 수 있습니다. 폐하는 별들과 같은 종족이니까요. 그것들과 사이가 틀어지기도, 화해하기도 할 것입니다. 폐하는 그것들과 동등하니까요."

초조해진 쿠푸가 손마디를 꺾었다. 그가 다시 말을 했지만 말의 내용이 왠지 분명하지 않았다. 그렇게 변죽만 울리던 그가 마침내 불쑥 끔찍한 질문을 내뱉고야 말았다. "피라미드를 다른 미라로 속일 수는 없느냐?"

마법사는 깜짝 놀라 눈이 휘둥그레졌다. 그러자 파라오가 잽싸게 질문의 의도를 설명했다. 향후 적들이 그의 미라를 다른 미라로 바꿔치기할 가능성은 없는지 헤아려본 것이라고. 그렇게 말하는 파라오의 불안한 시선은 여전히 마법사의 목 언저리에 머물러 있었다. 마법사는 그가 자신의 멱살을 잡고 목을 조른 뒤 시신을 방부처리 절차에 따라 아마포로 감쌀 것만 같은 기분에 사로잡혔다.

잠깐 동안 파라오는 향후 닥칠지 모를 예의 위험에 대해 계속 언급했다. 그러다 마치 망상에 사로잡힌 듯 질문을 되풀이했다. "피라미드를 속여넘길 수는 없을까?" 파라오가 고민의 정당성을 입증하려 할수록, 마법사는 그가 다른 누군가를 죽여 자기 대신 피라미드 내부에 안치하려 한다는 확신이 들었다.

마법사는 불안을 떨쳐내기 위해 그를 물끄러미 주시했다. 그런 다음 깊고 조용한 목소리로 말했다. "피라미드는 서두르지 않습니다, 폐하. 피라미드는 기다립니다."

파라오가 몸을 떨기 시작했다. 이마에 식은땀이 흘렀다. "아니다." 그의 입에서 신음소리가 새어나왔다. "아니야, 기다리지 않아!"

파라오의 정신분열은 마지막까지 비밀에 부쳐졌다. 깊은 좌절에 빠져 아무에게도 말을 건네지 않고 보내는 날이 있는가 하면, 어떤 날, 특히 밤에는 그의 머릿속이 뒤죽박죽이 되곤 했다. 그러던 어느 밤에 마법사 제디의 얼굴이 파랗게 질렸다. 파라오가 피라미드에 가보고 싶다는 뜻을 밝힌 것이다. 살아 있는 자로서, 혼자. 칠흑 같은 어둠 속에서 피라미드가 그렇게 고함을 질러대는 이유가 무언지, 왜 그렇게 조바심을 내는지 물어보고 싶다는 거였다.

마법사는 그를 말리느라 애를 먹었다. 결국 어느 밤, 두 사람은 몇몇 보초병을 데리고 피라미드를 직접 보러 갔다.

피라미드는 평온했다. 꼭대기에서 달빛이 사방의 경사면을 타고 흘러내려 사막을 적시고 있었다.

쿠푸는 말없이 바라보았다. 마음이 편안해 보였다. 단 한 번 마법사에게 속삭였을 뿐이다. "저것이 날 원하는 게 느껴지는군."

그후 날이 갈수록 그는 더한층 의기소침한 상태로 빠져들었다. 몇 시간이고 혼잣말을 하곤 했다. 때로 손을 내젓기도 했는데, 꼭 무슨 변명을 하거나 스스로 아무것도 할 수 없음을, 정말이지 아무것도 할 수 없음을 정당화하려는 사람처럼 보였다. 그러는 동안 상대는 무표정한 얼굴로 귀기울이며 그의 말은 한마디도 믿지 않았다.

그는 피라미드가 완성되고 정확히 삼 년 뒤에 죽었다.

육십 일이 지나 장례식을 치르고 방부처리를 한 시신이 마침내 석관에 안치되었다. 수만 명의 사람들이 돌무더기에 시선을 고정한 채 오랜 시간 밖에서 기다렸다.

기다리던 미라를 받아 모신 피라미드는 성취감으로 충만해 보였다. 무수한 인간의 운명을 뒤집어놓았고 무수한 머리를 먹어치운 그것이 이제 도도하고 의기양양한 모습으로 햇빛을 받으며 반짝이고 있었다.

그곳에 집결해 피라미드를 바라보는 사람들 상당수는, 특히 혈육이나 지기가 유죄판결을 받은 이들은, 유배지나 채석장으로 보내지게 될 이들이 전날 밤 체포를 기다리며 맛보았던 끈질긴 고뇌를 다시 떠올렸다. 떠나간 이들은 그렇게 가족과 생이별을 했었다. 그후에도 심문을 비롯해 고문으로 강요당한 자백, 발광 등 그들이 겪은 일들을 가족들은 이것저것 들어 알고 있었다. 하지만 이상하게도, 이 순간 그 일에 대해 그들은 일말의 증오심도 느끼지 않았다. 피라미드가 저기, 그들 삶의 지평에 존재하는 한 증오도 사랑도 구체화될 수 없음을 그들은 어렴풋이 감지했다. 맛없는 콩 요리가 이미 오래전 온갖 별미를 대체했듯이, 어떤 병적인 찝찝함, 민망스러운 권태가 다른 모든 감정 대신 들어서 있었던 것이다.

그들이 잃어버린 모든 것이 이제는 머릿속에 어렴풋이 아른거릴 따름이었다. 친구들끼리 벌이던 잔치, 연애, 스캔들, 이 술집 저 술집을 전전하며 허풍을 떨어대던 별난 시인들…… 그 모두가 차츰 그들의 삶에서 사라져 그림자처럼 흩어져버렸다. 피라미드가 더 높이 치솟을 수록 그것들은 점점 더 멀어져갔다. 그리고 이제 저만치, 무명의 갈대 밭과 모래 사이로 까마득히 멀어져 더이상 되돌아오는 길을 찾지 못했다.

어느 겨울 아침, 새 파라오 디두프리가 대신들을 비롯해 가까운 참 사관들 앞에서 자신의 피라미드를 짓겠노라 선포했다. 쿠푸의 또다른 아들인 카프레도 참석한 자리였고, 음란한 행실 탓에 궁에서 쫓겨나 발길을 끊은 지 오래인 쿠푸의 외딸 헤나우첸도 있었다.

모두가 굳은 표정으로 파라오의 말에 귀기울였다. 파라오는 모서리 의 길이나 정상까지의 높이에 대해서는 특별한 언급이 없었는데, 그 자리에 있던 사람들은 그것이 길조인지 흉조인지 판단이 서지 않았다.

그의 누이인 헤나우첸은 보란듯이 경멸감을 드러내며 거기 모인 한 사람 한 사람의 태도를 살폈다. 아버지의 노쇠를 틈타 그녀가 최근에 또 한차례 기발한 생각을 하게 됐다는 소문이 나돌던 터였다. 그녀 자 신의 피라미드를 만들기로 했다는 것! 애인들에게 일정량의 돌을 제공 해줄 것을 강요했다는 말도 퍼져 있었으니, 그게 사실이라면 피라미드 가 완성되기까지 그녀에게 얼마나 더 많은 애인이 필요할지도 의문이 었다.

수도에서는 그 피라미드를 두고 쑥덕공론이 넘쳐났다. 사람들은 그 것을 암피라미드라고, 혹은 헤나우첸의 음부의 그림자거나 그것이 돌 출한 모습, 아니면 그 심도를 재는 계기計器라 불렸고, 수용능력을 증명하는 남근이나 질膣미터기라고도 불렸다. 그녀 자신도 이 모든 논평을 들어 알고 있었지만 콧방귀만 뀌었다. 오히려 이렇게 큰소리를 쳤다고 했다. "이집트 여자들이 불감증에 걸려 사랑을 포기했으니, 내가 그 모든 사랑을 벌충하겠다. 이 말이 허풍이 아니라는 걸 피라미드가 증명해줄 것이다!"

새 파라오가 연설을 마치려 하고 있었다. 아무리 봐도 머리 모양이 이상한 그의 아우 카프레는 질투와 분통으로 가슴이 조여들었다. '아, 내 세상이 빨리 왔으면!' 그는 불만에 차서 생각했다. '그날이 오기만 해보라지!'

그는 차례가 돌아와 자신이 파라오가 되는 광경을 상상하며 우수에 젖었다. 차지할 수 없는 걸 꿈꿀 때 빠지게 되는 감정이랄지. 금세라도 눈물이 쏟아질 것만 같았다.

때가 오면 본때를 보여주고 말 것이다! 그는 아주 오래된 스핑크스상像을 발견해 부적처럼 간직하고 있었다. 친구들이 그의 새로운 머리 모양을 두고 그 의미가 뭔지, 어디서 그런 모양을 찾아냈는지 물으면 그의 입가엔 수수께끼 같은 미소가 번지곤 했다. 그건 스핑크스의 머리 모양이었다.

그 모양에 어둠의 힘이 깃들어 있음을 그는 직감했다. 이 머리 모양을 평생토록, 머리털이 듬성해질 때까지 보전할 것이었다. 나중에 가지게 될 자신의 피라미드 발치엔 거대한 스핑크스상을 세울 것이다. 그 자신의 얼굴을 한, 웅크리고 앉은 사자.

너는 누구지? 수천 년의 세월이 흐르는 동안 무수한 방문객들이 물을 것이다. 네가 카프레인가? 어떻게 네가 파라오가 될 수 있었지? 디두프리는 어쩌고? 하지만 알다시피 스핑크스는 어떤 대답도 내놓지 않을 것이었다.

XII
침입

오래된 파피루스를 통해서도 알 수 있듯이, 땅과 하늘을 이어주는 피라미드의 매개 역할은 특히 보름달 뜬 밤에 두드러졌다. 밤이면 피라미드들은 으스스한 가을 달빛을 모아 한 방울 한 방울 땅속 깊이 흘려넣었다. 공백과 진흙에 싸인 무명의 검은 돌들과 외부로 빛을 발하지 못해 스스로 눈이 멀어버린 금강석들 사이로. 이 빛이 시신들의 두개頭蓋에 가득 차오르면 한순간 눈구멍들이 환히 빛나다가는 곧 다시 어두워졌다. 반면 하늘을 향해 치솟은 뾰족한 구조물들과 그 화강암 꼭대기돌에서는 왠지 모를 혐오감이, 땅이 언제나 넘치도록 품고 있어 때때로 비워내지 않으면 안 되는 혐오감이 꾸역꾸역 토해져 나왔다.

모두가 이제 저만치 서로 이웃해 있었다. 한때 금단의 도시에서 지상을 다스릴 때 함께 살던 것처럼.

쿠푸의 피라미드. 그 발치에 자리한, 규모가 훨씬 작은 그의 분신 피라미드. 웅크린 스핑크스상을 앞에 둔 카프레의 피라미드. 암피라미드. 더 멀리 조금 비켜난 곳엔, 완성되지 않은 채 남아 있는 디두프리의 피라미드.

암피라미드가 맨 먼저 도둑들의 침입을 받았다. 어느 무더운 밤이었다. 도둑들 손에 들린 지렛대가 떨렸다. 이런 건축물에 침투하는 건 그들도 처음이었다. 어느 피라미드를 약탈할지 결정하는 데 여러 밤이 걸렸다. 그들은 디두프리의 피라미드와 암피라미드를 두고 망설였는데, 두 피라미드 모두 불완전하게 남겨진 비밀통로의 흔적이 이제는 모조리 사라져버린 터였다. 전자는 제명에 죽지 못한 왕의 무덤이으레 그렇듯 미완의 상태로 남았고, 헤나우첸의 연인들 덕분에 세워진 후자 역시 그녀가 그들에게 남긴 달콤한 추억들에도 불구하고 피라미드 건축에 필요한 정성이 몽땅 쏟아부어지진 않았던 것이다. 그들이 그녀와 잠자리를 함께한 직후 상당량의 돌을 넘겨준 건 사실이지만, 아무리 열정적인 연인이라도 시간이 지나면 마음이 다소 식기 마련일 테니까.

사정이 그러한지라 도둑들은 꽤 오래 마음을 정하지 못했다. 요모조모 따져보아도 양편의 장점과 단점이 엇비슷했기에, 결국 그들은 접근이 좀더 용이하리라 예상되는 암피라미드 쪽을 약탈하기로 합의를 보았다. 여자들을 능욕하는 일에 이골이 난 그들에겐 이 결정이 한결 자연스러워 보이기도 했다.

그들은 주요 통로가 가닿는 내벽을 쉽게 찾아내 예상보다 수월하게 돌파했고, 그리하여 새벽녘에는 석관이 안치된 방에 거의 접근할 수 있었다. 몹시 지쳤던 그들은 날이 저물기를 기다리며 차가운 바닥 위에 몸을 뉘었다.

밤이 충분히 깊었다고 여겨질 무렵, 그들 가운데 제일 연장자라 청동턱이라는 별명이 붙은 이가 맨 먼저 입구를 열기 위해 가장 무거운 지렛대를 작동시켜보았다. 하지만 검은 화강암 돌덩이는 꿈쩍도 하지 않았다.

"에잇, 빌어먹을!" 그는 다시 한번 문을 밀며 투덜거렸다.

입구를 봉한 이 돌을 움직이고 치우는 데 에너지를 얼마나 쏟았던지, 마침내 안치소로 들이닥쳤을 때 그들에겐 양다리를 지탱하고 서 있을 힘조차 남아 있지 않았다.

맨 먼저 몸을 일으킨 사람은 청동턱이었다. 잇달아 투달리아와 애꾸눈도 일어섰다. 장신구들이 실제보다 횃불 불빛 속에서 훨씬 근사해 보인다는 걸 그들은 경험에 비추어 알고 있었기에 미리부터 신이 나서 들썩대지 않도록 자제했다. "이거야 원, 더러운 년!" 청동턱이 그것들을 하나씩 손으로 더듬어보면서 단조로운 목소리로 중얼댔다. 그러고서 주변을 여러 차례 훑어본 다음 석관 쪽으로 눈길을 돌렸다. 다른 이들이 주위에서 석관을 바라보는 동안, 그는 그 틈새에 지렛대를 찔러 넣었다.

예상한 대로 값비싼 장신구들은 석관 안에 들어 있었다. 그들이 귀중품들을 모두 쓸어모아 가죽부대를 가득 채우고 나니 이제 석관과 미라는 초라하고 서글프게만 보였다.

"불빛을 그렇게 흔들어대지 마." 투달리아가 횃불을 들고 있는 동료에게 내뱉었다. 미라의 얼굴을 보는 것이 견딜 수 없었기 때문이다. 이제깟 무덤을 약탈한 경험에 따르면 어떤 무덤은 열리고 나서 미라가 곧 새카맣게 타버리기도 했는데, 그는 이 현상에 아무래도 익숙해질 수가 없었다.

그와 청동턱이 또다른 문, 봉헌실 같은 문을 찾아내려는 심산으로 벽 두께를 가늠해보는 동안, 애꾸눈은 열린 석관 위로 몸을 숙인 채 꼼짝도 하지 않았다.

"뭐하는 거야?" 청동턱이 물었다.

애꾸눈의 시선이 번득였다.

"저 붕대를 풀어 음부를 좀 봤으면 좋겠어." 그가 쉰 소리로 말했다. "전설이 돼버린 저 음부가 대체 어떻게 생겨먹었는지 궁금했던 적이 한두 번이 아니거든!"

"그야 매춘부의 음부가 아니면 뭐겠어." 청동턱이 고개도 돌리지 않은 채 투덜댔다. "이리 와서 다른 문 찾는 거나 도와줘."

"대체 어쩌려고 그래?" 투달리아는 미라 쪽으로 몸을 숙인 애꾸눈이 정말로 미라의 붕대를 풀려는 것 같아 놀라서 고함을 질렀다.

"얼굴이 조금씩 까매지고 있어." 애꾸눈이 확인했다. "왕족 미라는 안 그럴 줄 알았는데."

"제발 그 미라는 가만 놔두고 이쪽으로 와!" 투달리아가 소리쳤다.

그는 애꾸눈이 당장에라도 시신에게 달려들지 않을까 걱정이 되어 곁눈으로 그를 살폈다. 그러나 애꾸눈은 검게 타고 남은 홰를 가져다 벽에 대고 음란한 내용의 그림과 낙서를 휘갈기기 시작했다.

"미친놈!" 청동턱이 벽에서 눈길을 떼지 않은 채 내뱉었다.

애꾸눈이 낙서로 뒤덮어놓은 맞은편 벽에 이른 두 사람은 두 줄의 상형문자를 알아보았다. 그 밑에는 남근 같기도 하고 피라미드 같기도 한 남자의 성기가 조잡한 모양새로 그려져 있었다.

"뭐라고 쓴 거야?" 글을 모르는 청동턱이 물었다.

투달리아가 가까이 다가가 더 찬찬히 살펴보았다.

"흠…… 히히, 염병할 애꾸눈 녀석!"

"뭔지 우선 읽어봐. 히죽대는 짓은 나중에 하고!"

"히히," 상대가 말을 이었다. "허접스러운 말들뿐이야. 파라오의 딸은 피라미드 규모의 고추만 좋아한다."

"진짜로 맛이 갔군." 청동턱이 내뱉었다.

"이건 누구나 아는 옛 시구라고." 횃불을 든 동료가 설명했다. "적선을 받고 시를 지어주던 샤타바카 기억나? 장담컨대, 이건 그자가 지은 시야."

"둘 다 돌았어!" 청동턱이 소리쳤다. "낙서나 시 나부랭이는 집어치우고 이리 와서 우리 일이나 하자고. 여기 있자니 벌써 몸에 곰팡이가 잔뜩 슬었어."

두 사람이 몸을 돌리는데, 애꾸눈이 금세라도 토할 것처럼 한 손으로 석관을 짚고 있는 것이 눈에 띄었다. 그의 얼굴은 백지장처럼 하얬다.

"무슨 일이야?" 투달리아가 물었다.

애꾸눈이 머리를 가로저었다.

"몸이 안 좋아."

"거기서 물러나." 청동턱이 명령했다. "미라 냄새 때문에 속이 뒤집히는 거야. 나도 오장육부가 뒤틀리는군."

"우선 여기서 나가자고. 통로에서 기다리는 게 낫겠어."

"맞아. 어서 연장 챙겨."

잠시 뒤 그들은 일렬로 그 자리를 빠져나갔다. 문턱에서 애꾸눈이 마지막으로 몸을 돌려 석관을 바라보았다. "더러운 년," 그가 앙심 서린 목소리로 투덜댔다. "가까스로 면한 줄 알아!"

그들의 발소리가 통로에서 길게 울려퍼졌다.

그들은 두 번 다시 피라미드 안에는 발을 들여놓지 않겠다고 맹세했으나, 두 계절이 채 지나기도 전에 머릿속이 온통 피라미드 생각뿐이라는 사실을 깨달았다. 피라미드에 맛을 들이게 된 것이다. 인육을 맛본 호랑이라면 다른 어떤 먹이보다 그게 좋아지듯이, 그들은 이제 보통 무덤으로는 만족할 수 없었다.

이번에는 지렛대와 다른 연장들의 날을 세우는 일 외에도, 헝겊을 기워 붙여 복면을 만들었다. 석관을 여는 순간 식초에 적신 복면을 얼굴에 착용할 것이었다. 미라에 다가설 때 생겨나는 형언할 수 없는 불쾌감을 예방하기 위한 유일한 방법이었다.

암피라미드—그들 사이에 통하는 별명으로는 갈보 피라미드—가 약탈당한 사실이 아직은 발각되지 않은 터라 그들은 더 서둘렀다. 이 모독행위가 영원히 은폐될 가능성도 있긴 했다. 헤나우첸의 마지막 연인들, 즉 말년의 연인들은 이미 오래전에 죽어 먼지로 화한 뒤였으니까. 보초병들 역시 같은 운명을 맞았는데, 그들은 살아생전에 이미 지원금이 동나 임무를 저버린 상태였다. 그렇긴 해도 예측불허의 이유로 도굴 사실이 드러날 수도 있었기에 그 일을 다시 시도하려면 큰 위험을 감수해야 했다.

도굴 전날 그들은 디두프리의 피라미드에 관심을 갖는 사람은 아무도 없다고, 그게 아니면 그렇게 미완으로 남지는 않았을 거라 이야기하며 서로 용기를 북돋웠다. 그들의 선조들도 여러 대째 그들처럼 무덤 도굴을 직업으로 삼아왔지만 정치엔 일절 관여하지 않았고 선술집에서 오가는 험담에 때때로 귀기울이는 정도였다. 이를테면 이미 오래전에 미라가 되어 각자의 피라미드에 갇힌 두 파라오를 두고, 이 파라오가 저 파라오보다 더 존경받느니 하는 이야기들. 그러다 얼마 안 가그들은 정반대되는 소리를 듣기도 했다. 가장 존경받던 파라오가 망각 속에 묻히면 사람들은 그때까지 버림받고 있던 다른 파라오에게 화환을 바치고 조각상을 세웠다. 이런 변화는 상부의 고찰에 따른 것이라고들 했지만 그들 눈에는 우스꽝스럽고 터무니없는 결정으로만 비쳤다. 마치 두 미라가 무덤에서 일어나 넝마주이들처럼 서로 누더기를 잡아당기며 드잡이하는 느낌이었다.

칠흑 같은 밤이 되자 그들은 피라미드 발치에서 만났고, 비밀입구로 통하는 돌로 생각되는 한 돌덩이 밑에 지체 없이 지렛대를 찔러넣었다. 그렇게 안간힘을 쓰며 스무 개 이상의 돌을 옮긴 끝에, 동이 틀 무렵 마침내 눈앞에 통로가 나타났다.

거기까지가 가장 힘들었고 나머지는 다른 피라미드와 별반 다르지 않았다. 석관을 열기 전 그들은 준비해온 헝겊 복면으로 얼굴을 가렸다. 눈이 있는 자리에 구멍 두 개를 뚫어놓은 터였다. 이렇게 복면을 쓴 채로 그들은 서로 겁을 주며 잠시 장난을 쳤다.

다른 이들이 벽감에 놓인 장신구들을 훔치는 동안 애꾸눈은 늘 하듯 석관 주위를 맴돌았다.

청동턱이 먼저 그를 향해 고개를 돌렸다.

"미라한테 또 무슨 짓을 하는 거야?"

"이리 와서 좀 봐." 애꾸눈이 말했다.

그들이 다가왔을 때에는 이미 애꾸눈이 미라의 얼굴에 감긴 아마포 붕대를 풀어놓은 뒤였다. 투달리아와 횃불을 든 동료가 혐오감을 드러내며 얼굴을 찡그렸다.

"이 흔적을 좀 봐." 애꾸눈이 속삭였다. "목이 졸린 흔적이라는 걸 한눈에 봐도 알 수 있다고."

"흠." 청동턱이 몸을 숙이며 말했다. "그렇군, 맞는 말이야. 닭을 잡을 때 하듯이 목을 비틀어놨군."

"뭐? 어떻게 그런 일이!" 횃불을 든 동료가 소리쳤다.

"어떻게 그런 일이!" 투달리아도 따라 외쳤다. "목을 비틀었다고? 파라오의 목을?"

그러자 청동턱의 표정이 어두워졌다.

"이봐," 청동턱이 말했다. "우린 그저 도둑에 지나지 않아. 우리가 상관할 문제가 아니라고. (그의 목소리가 점점 기어들어갔다.) 그건 상부에서 관여할 문제지 우리가 알 바 아니잖아, 알았어? 그리고 자네," 그는 애꾸눈에게 고함을 지르다시피 했다. "미라들의 목이나 살피고 있어선 안 돼. 누가 자네더러 그런 일을 하라고 했지?"

"알았어, 알았다고." 애꾸눈이 물러섰다. "그만 좀 떠들어. 피라미드가 흔들리겠어."

"마음먹으면 더 크게 떠들 수도 있다고. 그런 일 가지고 깝작대면 목숨이 위태로운 줄 몰라? 절름발이 투트가 왜 죽었지? 루조드 형제가 망해버린 게 뭣 때문이지? 평생 문이나 땄지 아무 일도 없이 잘 살던 사람들이야. 그런데 술집에서 정치적 암시가 담긴 말 한마디를 했다가 지옥으로 직행했지. 나하고 정치 얘기는 안 돼, 알겠어? 그러고 싶어 좀이 쑤신 놈들은 다른 데 가서 뒈지라고 해. 내 앞에선 어림없어. 알 아들었어?"

"그래그래," 애꾸눈이 되뇌었다. "알아들었어."

그는 미라의 목 쪽으로 다시 몸을 숙였다. 하지만 이번엔 붕대를 정 성껏 되감기 위해서였다.

그들이 출구에 이르렀을 때에는 아직 날이 어두웠다. 별들이 희미해 지기 시작하고 있었다. 그들은 쓰고 있던 복면을 통로 안쪽에 던지고 줄지어 밖으로 나왔다. 날씨가 쌀쌀했다. 발자국을 전혀 남기지 않고 걷는 것에 능숙한 투달리아가 동료들의 흔적을 지웠다. 조금 전에 들 은 말 때문에 그는 좀처럼 마음을 가라앉힐 수 없었다. 목이 비틀린 파 라오라니…… "추잡한 것들," 애꾸눈은 알아듣기 힘든 소리로 이렇게 투덜댔다. "이런 장신구를 차지하겠답시고 우리보다 더 잔인한 싸움 질을 한 게 분명해."

동틀 무렵 그들은 카프레의 피라미드를 따라 걸었다. 스핑크스상은 아직 어둠에 잠겨 있었다. 첫 새벽빛 속에서, 이제까지 숱한 해석을 야 기한 그 머리 모양만 알아볼 수 있을 뿐이었다.

모두 발길을 재촉했다. 스핑크스의 눈길을 견뎌낼 수 없어서였다. 달빛을 받아 빛나는 그 눈길에 정신이 돌아버릴 지경이었다.

애꾸눈이 맨 뒤에서 따라갔다. 금세라도 머리가 터질 것 같았다. 미 라의 목 졸린 흔적이 머릿속에서 떠나질 않았다. 꿈속에까지 나타날

게 분명했다.

마지막으로 그는 스핑크스 쪽으로 고개를 들었다. 아침햇살이 이제 스핑크스의 눈에 닿아 있었다. 텅 빈 그 눈을 보자 그는 온몸이 얼어붙었다. 한 번도 경험하지 못한 일이었다. 소리를 지르고 싶었다. '스핑크스, 형을 어떻게 했지? 어떻게 죽게 한 거야?' 그러나 소리는 명치에 걸려 나오지 않았다.

XIII
안티피라미드

첫 습격은 12월 어느 오후에 감행되었다. 북녘 이방의 하늘에서 떨어진 게 분명한 한차례 번개가 느닷없이 피라미드를 덮쳤는데, 마지막 순간 번개는 어찌된 일인지 두 갈래로 갈라져서는 엄청난 굉음을 내며 근처 모래사막 속으로 자취를 감추었다.

피라미드가 하늘과 맺고 있는 신성불가침 조약의 뚜렷한 증거를 처음 목격하며 온 나라 사람들은 환희에 들떴다. 그렇게 하늘도 이루지 못한 일을 땅의 사람들이 피라미드 내부로 남몰래 침투해 해냈다는 걸 아무도 몰랐다.

신성모독의 약탈이 감행되고 수년이 흘렀지만 흔적이 아주 교묘히 은폐되어 누구도 그 사실을 눈치채지 못했다. 학자들이 재판을 받게 된 전혀 예기치 못한 상황에서 진실이 드러나지 않았다면 사람들은 그렇게 영영 무지한 상태로 남아 있었을 것이다.

그러다 일군의 서기관들이 역사에 대한 새로운 개념들을 유포하고 있다는 의심을 받고 체포되었고, 모두들 특별한 유형의 재판이 있으리라 기대했다. 보통 수도의 엘리트층이나 외교사절단이 받는 재판이었는데, 이런 재판에서는 흔히 피고인들 자신보다 그들이 지닌 사상에 유죄판결이 내려지곤 했다.

그리하여 교양인 부류 전체가 한바탕 고역을 치르게 되리라 예상하던 참에 순식간에 어떤 소문이 퍼져나갔다. 즉 이 역사가들의 문제는 지식층의 고상한 문제와는 전혀 성질이 다른, 말 그대로 유례없이 가증스러운 도적질이라고……

처음 이 말을 들은 사람들은 얼굴이 창백해지고 다리가 후들거렸다. 미라가 약탈당하고 모욕당했다는 말이었다. 악은 새로운 차원으로 발을 들여 어둠의 왕국에까지 그 세력을 확장한 것이었다. 불길한 공포가 각자의 마음을 엄습했다. 죽음 자체가 도둑맞은 거나 마찬가지였다.

많은 이들이 자신들의 귀를 의심할 정도로 엄청난 사건이었다. 이집트의 역사가들이 그렇게나 타락했다는 걸까? 그들의 필기구를 무거운 지렛대와 맞바꾸어 광막한 사막 한복판에서 약탈행위를 벌였다는 말인가?

사람들이 처음 접한 정보들은 모호하고 자극적이었지만, 잇달아 단순명료한 내용들이 귓전에 와닿았다. 수사관들은 비밀입구들이 파괴되었을 뿐 아니라 석관들이 모독당한 사실을 알게 되었다. 식초에 담근 복면들이 현장에서 발견되기까지 했다. 도적들이 사용한 뒤 도주하기 직전 벗어던지고 간 것들이었다.

천만다행으로 그들이 미라만큼은 제자리에 두고 갔지만, 그건 요행에 불과했다. 사실 미라야말로 그 파렴치한 인간들이 노린 대상이었으니, 생각만 해도 몸서리쳐지는 일이었다. 그들이 그 미라를 가지고 무얼 하려 했는지는 아무도 알 수 없었다. 야만인들의 방식대로 그것들을 태워버릴 작정이었다고 믿는 이들도 있었다. 아니면 북녘 지방까지 가져가 무슨 단 위에 올려놓고 군중의 시선을 모은 뒤 팔아넘길 생각이었는지도. 그러나 지도층 인사들은 악의 뿌리가 보기보다 훨씬 심각하다고 판단했다.

대중의 호기심을 특히 자극했던 건 그 무리의 소행이 어떻게 밝혀졌나 하는 점이었다.

사실 이 사건에는 군데군데 의심의 장막이 드리워 있긴 했다. 지식인들이 대개 그렇듯, 피의자들 역시 그리 원기왕성한 사람들이 아니었고 심지어 허약하다고까지 할 수 있었다. 그런 그들이 무거운 지렛대를 이용해 피라미드의 돌들을 옮겨놓았다고는 좀처럼 믿기 어려웠다.

이런 소문이 돌자 불안해진 비밀경찰은, 특히 사건이 드러난 정황과 관련해 수수께끼의 일부 내막이 새어나가게끔 했다.

그러니까 이 모두는 지극히 평범한 방식으로 시작된 것이었다. 경찰은 이미 얼마 전부터 일군의 서기관들에 대한 자료를 확보해둔 터였다. 이 나라 역사와 관련해 공식적인 견해와는 모순되는 새로운—아니 그보다는 괴상한—생각들을 퍼뜨리고 있는 사람들이었다. 이 사실을 경찰이 왕궁에 알렸으나 궁에서는 이를 그다지 심각하게 받아들이지 않았고, 모든 건 보류 상태로 남게 되었다. 그 와중에 익명의 편지 한 통이 날아들어 파라오 미케리노스에게 새로운 위험을 경고했다.

(다행히 파피루스가 발명된 이후로 사람들이 글을 쓸 수 있었고, 그렇게 쓴 편지들을 손쉽게 보낼 수도 있던 때였다. 수메르인이 편지를 한 번 보내려면 열 개 내지 열다섯 개의 서판이 필요했겠고, 글자를 아직 돌에 새겨야 했던 다른 민족들은 수소 한 쌍이 필요했을 터, 요란한 끌과 망치 소리 탓에 한 주 내내 온 동네 사람들이 잠을 못 이루는 건 말할 것도 없었다.)

그러자 곧 행동이 개시되었다. 첩자 하나와 책동자 둘이 무리 속에 침투해 필요한 요소들을 확보했고, 그 결과 어느 날 동이 트기도 전에 불가피한 상황이 벌어졌다. 일련의 체포가 감행된 것이다.

수사가 극비리에 꾸준히 진행되었다. 사람들이 무엇보다 궁금해했던 점은, 어떻게 그들이 왕국의 역사를 문제삼을 수 있었을까 하는 것이었다. 역사가들은 별의별 고문을 다 받은 끝에 실토하고 말았는데, 그들의 중죄는 무덤에 침입한 도적들과 대화를 나눈 데서 비롯되었으며 그 결과 역사에 대한 그들의 인식이 송두리째 뒤바뀌게 된 것이었다. 사람들은 역사가들이 세상을 비웃고 있다고 생각했다. 역사가들은 또다시 요주의 인물들로 떠올랐고 심지어 관할 부처에서 승인한 새로운 고문방식의 첫 실험 대상이 되기까지 했다. 하지만 그들은 전갈의 독침에 쏘여 부풀어오른 혀로 제대로 발음조차 할 수 없는 상황에서도 했던 말을 되풀이할 뿐이었다. 즉 역사를 다시 쓰겠다는 생각을 하게 된 건 '꽃게'라는 싸구려 술집에서 무덤 도굴꾼들이 거나하게 취해 내뱉은 말들의 암시를 받아서였다고. 그들은 또다시 고문을 받았지만 처음 한 말을 철회하지 않았고(하지만 말이 수메르어처럼 이해할 수 없는 횡설수설이 되어 이제 그들은 글씨로 생각을 전달했다), 그 과정에서 애꾸눈이라는 별명으로 통하는 압넬구르나라는 도둑의 이름이 밝혀졌다.

그렇게 해서 늙은 도둑이 잡혔는데, 그는 수갑을 차는 순간 술에 반쯤 취한 상태에서도 문제를 분명히 하는 것을 잊지 않았다. 미라가 된 디두프리의 목이 졸린 흔적을 본 건 꿈속에서였다고.

그렇지만 새벽녘에 그는 결국 실토를 하고 말았고, 그날 당장 수사관들은 사슬에 묶인 그를 모독당한 피라미드까지 끌고 갔다. 거기서 그들은 통로 입구를 차단한 화강암덩이를 은폐하고 있는 돌을 치웠다. 식초에 적신 복면들이 아직 통로 바닥에 흩어져 있었다. 통로 안으로 들어선 그들은 활짝 열린 석관을 보고는 눈이 휘둥그레졌다. 바로 그 순간, 궁의 우두머리 심부름꾼이 황급히 도착해 미라를 살피는 작업을 당장 중지하라는 파라오의 명령을 하달했다.

그리하여 수사는 다시 신비의 장막에 싸이게 되었다. 하지만 비밀을 지나치게 보호하려다 보면 그리 되듯 머지않아 진실이 새어나갔고, 사람들은 이 역사가들의 의도를 대충 파악하게 되었다. 망측하기 짝이 없는 계획이었다. 그러니까 피라미드들 안에 갇힌 미라를 죄다 이집트나 국외의 은밀한 장소로 운반해 그곳에서 신체 부위를 하나하나 세밀히 살피겠다는 것. 그렇게 해서 찾아낸 것들―교살이나 비수에 찔린 흔적, 독살의 후유증 등―을 출발점으로 수다한 사건들을 새로운 시각에서 볼 수 있게 될 것이었다. 그 새로운 해석이 앞뒤 다른 사건들과도 연결되어 그때까지 확립되어온 왕국의 역사를 송두리째 의문에 부칠 것이며, 그 결과 역사는 철저히 다른 방식으로 다시 써질 터였다. 체포된 자들의 메모가 심문과정에서 발견되었다는 소문도 있었다. "미라의 시각에서 재고되고 교정된 역사" 혹은 그저 "미라사火" 같은, 책 제목이나 구호처럼 보이는 표현들이었다.

흉흉한 바람이 사방에서 불어닥쳤다. 역사가들을 비롯해 도적들의 우두머리 압델구르나도 오래전에 죽어 땅에 묻혔지만 그들이 야기한 불안은 사라지지 않고 남아 있었다. 전대미문의 생각들이 예기치 못한 곳에서 튀어나오곤 했다. 밤에는 얼굴에 회칠을 한 사람들이 무슨 이유에선지 도시를 헤집고 다녔다. 예언가들과 정신착란자들이 점점 늘어나기 시작했다. 이들은 광장에서 쉴새없이 떠벌리다 기동대가 눈에 띄어야만 입을 다물었다.

피라미드들을 비롯해 모든 것이 문제시되었다. 이제 피라미드들도 모욕당한 마당이니, 그것들을 두고 왈가왈부하기가 한결 수월해 보였다. 사람들은 심지어 별과 연관된 피라미드의 방향이나 위치, 경사의 적절성에 대해서도 의심을 품기 시작했다. 그뿐 아니라 신비로운 숫자들과 그 숫자들이 담고 있는 메시지도 다시 문제삼게 되었다. 이 메시지가 제대로 된 것이라면 이처럼 현기증을 일으키는 이유가 뭐란 말인가?

"정신들 차려." 이렇게 응수하는 이들도 있었다. 매사에 어김없이 국가 편에 서는 사람들이었다. 설령 국가가 그들을 후려쳐도 "피라미드에 이의를 제기할 수는 없지"라고 말하는 사람들. "피라미드는 이집트 전체를 상징해. 피라미드가 없다면 지금 이대로의 이집트가 아닐 거야. 아마 이집트라 불리지도 않겠지"라고 그들은 주장했다.

그러면 전자가 반박했다. "멍청하기는. 이집트는 피라미드가 있기 이전에도 존재했다고. 바빌로니아나 그리스, 트로이가 피라미드가 없다고 어떻게 됐어?"

"쉿, 입 닥쳐! 우리 이집트를 그렇게 막돼먹은 트로이나 그리스 같은 나라들에 비교한단 말이야?"

피라미드를 두고 벌어진 혼란이 그 정도에 이르렀으니, 종내 그것들의 존재 여부마저 의심받게 되었다. 사람들은 그것들을 환영 혹은 집단의 환각으로 여기거나 어느 날 아침 사라져버릴 신기루 취급했다. 이 주제를 두고 한층 섬세한 분석에 열중하는 사람들도 있었다. 그들의 주장에 따르면, 피라미드들은 그냥 그렇게 존재하지만 그것들이 전해주는 이미지가 잘못되었고 거기엔 항상 무언가가 부족하거나 과도하게 덧붙여져 있다고 했다.

전부 터무니없는 소리 같았지만 점점 더 자주—저녁시간이나 새벽의 미광 속에서뿐 아니라 대낮에도—피라미드들은 한낱 연기에 불과하다는 인상을 주기 시작했다. 그런 일이 너무 빈번해, 적잖은 사람이 아침에 눈을 뜨면 마치 피라미드들이 아직 제자리에 있는지 의심스러운 듯 습관적으로 지평선 쪽으로 눈길을 돌렸다.

'덧없음'의 개념은 보다 무겁게 들리는 '완전한 소멸'의 개념과 상통한다. 여전히 윤곽이 잡히지 않는 이 모호한 생각이 선뜻 용기를 내지 못한 채 주저주저 여기저기서 응축되어 나타났다. 이집트가 피라미드들 없이 살 수 있을까? 피라미드들도 사라질 수 있을까? 이 공간이 끔찍한 혹들로부터 해방될 수 있을까?

사람들은 피라미드라 말하면서 파라오를 의미한다는 걸 짐작하기란 어렵지 않았다. 결국 그들은 마음속으로 되새기던 생각들을 입밖에 내놓았고, 이젠 파라오에 대한 암시를 공공연히 내비쳤다. 물론 살아 있는 미케리노스가 아니라 죽은 자에 대하여.

처음에는 그들이 겨냥하는 대상이 무언지 잘 알 수 없었지만, 예상대로 소문은 곧 한곳으로, 즉 돌을 가장 높이 쌓아올린 자에게로 쏠렸다. 쿠푸였다. 처음엔 '쿠푸, 네 혹을 없애버려!' 같은 별 볼 일 없는 낙서들이 눈에 띄었다. 그러더니 대담해진 군중은 한층 노골적인 모독을 감행했다. 훼손된 벽면 앞에 기동대가 항상 뒤늦게야, 즉 그 칠장이들이 석회 페인트 양동이를 가지고 들이닥치는 순간에야 도착한다는 사실을 깨달았던 것이다. 국가만이 해명할 수 있는 모종의 이유들로 인해 쿠푸의 이미지 쇄신이 불가피해 보였다. 이 결정이 외교상의 이유들로 말미암았다고 믿는 사람들이 대부분이었던 반면, 쇄도하는 불만의 방향을 돌려놓기 위함이라고 믿는 이들도 있었다. 극소수의 사람들은 아주 단순한 데서 이유를 찾았으니, 쿠푸의 피라미드가 그 엄청난 규모 탓에 질투심을 야기한 때문이라는 것.

실제로 사람들은 쿠푸보다는 피라미드의 규모를 두고 악의적인 농담을 늘어놓았다. 전례 없는 혼란과 동요가 둘로 분열된 이집트를 흔들어놓았다. 온화한 빵가게 주인이나 재단사 같은, 그때까지 조용하고 양순했던 사람들이 화들짝 놀라 잠에서 깨어나서는 노기등등한 눈길로 덤벼들듯이 내뱉곤 했다. "그 피라미드를 세울 당시 난 새파란 나이였지. 그런데도 아흔번째 단의 이천팔백삼번째 돌을 내 손으로 깰 뻔했다고." 자신들의 위업을 떠벌리는 이들도 있었다. 자신이 마흔아홉번째 단에 대고 어떤 저주를 했는지, 쉰세번째 단에다 어떻게 오줌을 갈겼는지, 그것도 모자라 어쩌다 어느 칠흑 같은 밤 "지옥으로나 꺼져버려라!" 하고 중얼댔는지. 멤피스 중심가의 선술집들에서는 시인들이 자신들이 썼다는 시들을 떠올리곤 했다. 그들은 쿠푸에게 맞서는 모종의 암시를 그 안에 흘려넣었는데, 그 바람에 엄청난 공포를 맛보아야 했었다는 것. 늙어 눈에 눈곱이 잔뜩 낀 아멘헤루네메프는 자신이 어떤 2행시를 지었다가 당한 가혹행위에 대해 늘어놓았다. "날갯짓하며 날아가는 갈매기들을 보니/눈물을 참을 수 없구나!"라는 시였다. "그때 내가 무슨 고초를 겪어야 했는지 생각만 해도 몸서리가 쳐지는군! 정말로 미치는 줄 알았지. 아내마저 날 들볶아댔어. 그만둬요, 당신이 우리 모두를 파멸시키고 말 거예요, 다른 사람들은 얼마나 순하게 복종하는데요, 네부네네프를 좀 보라고요, 하면서 말이지."

듣고 있던 한 사람이, 실제로 유죄선고를 받은 건 네부네네프고 그건 아멘헤루네메프가 그를 고발했기 때문이라는 사실을 떠올렸다. 그런데 그 말을 입 밖에 내려던 순간 그 사람은 갑자기 머리가 멍해지고 멍해지더니 입에서 엉뚱한 말이 흘러나왔다. "골절을 당했어" 혹은 "사흘째 변비가 계속되는군" 같은 말들이었다. 잠시 뒤 갈매기라는 말이 다시 들려 그는 하려던 말을 떠올렸지만 너무 몽롱한 상태여서 입을 떼지 못한 채 늘어지게 하품만 하며 혼자 중얼댔다. "이집트인들은 서로 물어뜯고 싸우기만 하는군. 아무려면 어때."

다른 술집들과 신전들 부근에서도 그런 소리밖에 들리지 않았다. 예전엔 유형에 처해진 자들이 채석장으로 떠나기 전 "우린 무고해. 파라오에 대한 충성심을 잃은 적이 없어" 하고 소리를 질러댔다면, 이제 그들은 이렇게 외쳤다. "우리가 잘못한 거지. 피라미드를 전복시키려 했지만 그러지 못했거든. 그들이 가만두지 않았으니까!" 아크차나 게벨바르칼, 심지어 제5폭포 같은 먼 고장에서 돌아온 이들도 있었다. 그들은 채석장의 이름이나 그들의 친지가 노역을 해야 했던 단들의 번호, 그들을 고발한 자들의 성을 들먹였다. 그리고 사제들의 코앞에 파피루스를 갖다대고 흔들어대며 고함을 질렀다. "우린 백성의 화합을 원치 않아요. 수사에 착수했으면 합니다!" 그들은 보상 혹은 복수를 요구했다. 아니면 보상과 복수를 동시에.

"딱하고 한심한 일이군! 우린 이 피라미드에서 절대 벗어날 수 없을 거야!" 노장들은 한숨지었다. 그들은 예전처럼 피라미드 한 사면에 올라앉아 가슴을 치며 수많은 고문과 상상 속의 위업들을 늘어놓았다. 그러다 완전히 취한 한 명이 목청을 다해 한 가락 읊었다. "일곱번째 단에 날 팔아넘겼을 때 / 넌 심장이 쿵쿵 뛰었겠지 / 늙은 갈보여!"

파라오도 이 모든 일을 알고 있었다. 시중에 떠도는 소문을 기록한 보고서들이 점점 더 우울한 색조를 띠었다. 경찰의 끄나풀들이 귀가 아프도록 염탐을 했지만 상황은 전혀 달라지지 않았다.

어느 날 아침, 예사롭지 않은 꿈을 꾸었다는 한 남자가 파라오 앞으로 불려왔다. 그는 꿈속에서 눈에 덮인 쿠푸의 피라미드를 보았다고 했다.

아무도 감히 해몽을 내놓지 못했다. 모두가 눈을 두려워했다. 미케리노스 자신조차 머리를 쥐어짜야 했다. 그것이 길몽인지 흉몽인지 도무지 짐작이 가지 않았다. 많은 이들이 오래전의 그 번개를 떠올렸는데, 그건 무슨 공격이라기보다는 아마도 단결을 부추기는 현상이었다. 이해할 수 없었던 그 첫번째 사건 이후 어느 추운 고장의 하늘이 눈을 보내지 않았나 싶었다.

피라미드가 외부 세계와 관계 맺고 있음이 이제 분명해졌다. 끔찍한 북쪽 지방의 눈을 끌어들일 수 있었다니, 그렇다면 이미 오래전부터 피라미드 자신이 그곳까지 가곤 했던 것이다. 생각으로든 꿈속에서든, 아니면 아무도 알 수 없는 어떤 다른 방법으로.

XIV
노화: 속임수

가까이에서, 특히 내부에서 바라보면 한 세대 한 세대는 저마다의 개성을 지니지만, 외부 관찰자의 눈—즉 조각상들에나 가능한 냉정한 시선—으로 보면 사막의 모래언덕들만큼이나 고만고만하다.

무수한 세대가 변함없이 피라미드의 지배를 받으며 오고갔다. 피라미드야말로 각각의 세대가 태어나는 순간 발견하는 본질적인 요소였고, 뒤에 남기고 가는 가장 중요한 무엇이었다. 피라미드가 그들에게 불러일으키는 감정 또한 주기적으로 반복되었다. 찬미의 감정이 무관심이 되었다가 다시 증오로, 파괴의 욕구로 변하고, 이어 무관심으로 돌아온 뒤에는 다시 숭배가 되는 식으로 무한정 되풀이되었다. 피라미드에 호의적이든지 적대적이든지, 대략 두 부류로 나뉘는 이 해묵은 대립에서 어느 쪽도 우위를 점하거나 열세에 놓인 적이 없었다. 쿠푸의 피라미드도 마찬가지였다. 적대적인 소문들이 점점 늘어갔음에도 다른 피라미드들의 건설이 중단되지는 않았다. 그래도 소문은 피라미드의 규모가 커지지 못하도록 했고, 심지어 더 작아지게도 했다. 잇달아 등장한 파라오들은 위험한 일에 말려들지 않으려는 듯 쿠푸의 피라미드처럼 높은 무덤은 만들고 싶어하지 않았다. 선과 악이 찾아와 맨 먼저 충돌한 것이 바로 이 무덤이었다. 2월 14일 그 밤에 누더기 차림의 한 남자가 사막에서 며칠을 헤매다 멈춰 선 것도 바로 그 피라미드 앞이었다.

뒤이어 수사관들이 그의 독백으로 수많은 종이를 채웠지만 실제로 그가 누구인지 확인할 길은 없었다. 모래처럼 움직이다가 사라지는 무명의 방랑자, 혹은 폐위된 파라오나 환관, 수학자, 문둥이 아니면 수용소에서 빠져나온 남루한 행색의 점성가려나?

남자는 한참을 피라미드 앞에 머물며 소리를 지르는가 하면, 주먹과 이마로 땅을 치거나 웃음을 터뜨리거나 얼굴을 찡그렸다. 그런 다음 손바닥으로 모래를 편평히 다독여 미치광이처럼 들뜬 몸짓으로 거기에 기하학적인 형상들을 그려넣었다. 그러고는 이 형상들 옆에다 숫자를 써넣으며 끝없이 계산에 몰두했다.

그는 피라미드를 훼손하려 했다는 고소에 완강히 맞서 자신은 오로지 그걸 매장하려는 의도밖에 없었음을 강조했다. "그건 죽었으니까. 알겠소? 이미 시신에 불과하다는 걸 멀리서도 알 수 있었지. 그러니 다른 시신들처럼 매장해야만 했어."

스스로도 밝혔듯이 그는 피라미드를 묻기 위해 파야 할 구덩이의 규모를 두고 몇 시간이고 계산을 했던 것이다. 퍼내야 할 흙의 양과 작업에 투입될 인원, 소요시간도 계산해야 했다. 피라미드를 세우는 데 걸린 것보다 더 많은 시간을 들여야 할 판이었다. 과거의 독재세력이 피라미드 건설에서 이득을 취했듯이 새 권력 역시 당연히 이 해체 작업을 이용해먹을 수 있을 터였다.

이 마지막 말의 의미를 묻는 질문에 그는 단 한 번도 명료한 대답을 내놓지 않았다. 피라미드가 죽었다는 게 무슨 말인지도 해명하지 않았다.

"농담하지 마!" 수사관이 소리를 질렀다. 천만에, 그는 농담을 하며 히죽대고 있는 게 아니었다. 고문을 당해 일그러진 얼굴 탓에 그런 인상을 주었을 뿐. "저게 더이상 살아 있지 않다는 걸 한눈에 알 수 있었지." 그가 끈질기게 되뇌었다. "멀리서 한 번 바라보는 걸로 족했거든. 저것에 생기를 불어넣는 관념조차 죽어버렸어. 이해 못하겠소?"

그는 감방 벽에 대고도 계산을 했는데, 이번에는 피라미드의 자연적인 소멸에 집중했다. 한층 까다로운 계산이었다. 여러 벽면들로 변덕스럽게 불어닥치는 바람에 의한 기나긴 부식과정을 따져야 했으니 말이다. 그 밖에 밤낮의 기온차나 인접한 나일강으로 인한 습기도 있었고, 백만 년의 세월을 고려하면 뱀이 지나간 자국이나 새똥, 돌의 부식도 무시할 수 없는 요인이었다.

"시간이야." 그는 기진맥진해서 벽 아래로 쓰러지며 중얼댔다. "너를 지상에서 쓸어낼 수 있는 건 시간뿐이야!"

실제로 피라미드의 노화는 이루 말할 수 없이 느리게 진행되었다. 흰빛이 급속히 윤기를 잃어 이제 분홍빛이 감돌게 된 걸 제외하면, 사람들의 눈으로는 변화를 감지할 수 없었다. 팔백 년이 지나서야 처음으로 주름살이 하나둘 드러나 보였다. 북쪽 면의 돌 하나가 12월 어느 오후 맨 먼저 갈라졌다. 그전에 이미 주춧돌 여섯 개가 부서진 바 있었다.

나른 돌들도 어쩌면 같은 일을 겪었는지 모르지만 아주 깊숙이 박혀 있어 육안으로는 확인할 도리가 없었다. 돌이 깨지는 소리가 어렴풋이 들렸다 해도 그 출처를—어떤 돌이 손상되었는지는 말할 것도 없고—정확히 집어낼 수는 없었다.

파손의 첫 조짐들이 나타나기 전에 이미 북서쪽 모서리의 돌 열네 개가 잿빛으로 물들었다. 이백칠십 년이 더 지나자 마모가 뚜렷이 감지되었다. 징조는 각각의 돌덩이들뿐만 아니라 그것들이 속해 있는 열 전부에서 드러나 보였다. 아스완 채석장에서 가장 단단한 것들로 골라 채취한 돌들이긴 해도 사막의 바람을 가장 많이 받는 면인지라 마모는 이미 예기된 현상이었고, 그래서 아무도 놀라지 않았다.

백이십 년이 더 지나자 잿빛 흔적들이 연보랏빛으로 변해갔고 남쪽 면의 일부 돌들에는 물집 같은 오톨도톨한 작은 돌기들이 생겨났다. 종잡을 수 없이 불규칙한 반점들이었는데, 그 원인을 파악하기란 좀처럼 쉽지 않았다.

천오십 년이 지나자 마모의 흔적이 멀리서도 분간되기 시작했다. 바람이 무슨 칼갈이인 양 그 날을 갈아대는 북쪽 면뿐 아니라 동쪽 면도 그랬고, 숭숭 뚫린 구멍이나 균열, 가느다란 홈이나 터진 곳 등 다양한 손상이 나타난 남쪽 면도 마찬가지였다. 이곳저곳이 가볍게 내려앉기도 했다. 하지만 이런 흔적들 대부분이 맨눈으로는 포착되지 않았다.

첫눈에 보아서는 거의 차이가 없었다. 그래도 주의깊게 살펴보면 그것들은 생명체들 간의 관계만큼이나 다양했다. 때론 그보다 더했다……결국 사람들은 북쪽 면의 돌 하나를 두고 이러쿵저러쿵했는데, 마모된 부분들이 마치 사람의 얼굴 모습을 조각해넣은 듯한 착각을 불러일으켰기 때문이다. 볼록한 부분은 사람의 볼을 닮고 줄무늬는 눈썹을 닮아, 마치 깊숙이 숨어 있던 얼굴이 밖으로 나오려고 안간힘을 쓰는 듯했다. 소문은 왕궁에까지 이르러 궁에서는 그 돌을 두고 어떤 조처를 취해야 할지 숙고하게 되었다. 분만과정에서처럼 그 형상이 태어날 수 있도록 개입할 것인지(끌이나 더 정밀한 도구를 사용해서), 아니면 스스로 모습을 드러낼 때까지 기다릴 것인지.

파라오는 전조에 중요성을 부여해 그 의미가 알고 싶어 조바심을 냈고 개입에 호의적이었던 반면, 대제사장의 생각은 정반대였다. 이런 상황에서 신성모독을 범하면 치명적인 결과를 가져올 수 있다는 의견이었다. 결국 그들은 사태가 자연스럽게 진전되도록 내버려두되 돌 근처에 보초병들을 세워 밤낮으로 지키게 했다. 그러나 돌에 떠오른 모습은 시간이 지나며 점점 흐려지기 시작했으니, 익명의 얼굴이 마음을 고쳐먹고 다시 깊숙한 곳으로 숨어버리려는 것 같았다. 지켜보던 이들은 당혹감을 감추지 못했는데, 안도의 한숨을 내쉬는 이들도 있었다.

하지만 대부분의 사람들은 이런 현상들과 해석에 관심이 없었고, 피라미드가 늙어가고 있음도 거의 눈치채지 못했다. 그러다 피라미드의 노화를 맨 처음 입 밖에 낸 건 그리스 사절들이었다. 그들은 피라미드를 보자마자, 그것도 자세히 살펴볼 만큼 바짝 다가서지도 않은 채 이구동성으로 단정지어 말했다. "아, 저것도 늙기 시작했어!"

아쉬움을 담은 말인지, 악의 혹은 만족감이 깃든 말인지는 알 수 없었다. 중요한 건 그들의 말이 도처에 불안감을 조성했다는 사실이었다. 돌연 사람들은 그때까지 애써 외면해온 사실을 또렷이 자각하게 된 느낌이었다. 전체적으로 피라미드는 더이상 희지도 윤이 나지도 않는 것이 마치 오래된 판화를 보는 듯한 인상을 주었고, 네 면은 습진으로 피부가 손상된 사람처럼 주름투성이였다.

하지만 그건 일시적인 느낌에 불과했다. 아주 먼 훗날, 아이를 낳음으로써 자신의 젊음을 증명해내는 나이든 여인처럼, 피라미드는 사천 살의 나이에도 불구하고 자신의 이미지를 멀리까지 퍼뜨렸다.

찬란한 광채가, 지평선을 향해 달아나는 불안정한 환영들이, 때론 왕관처럼 반짝이는 빛들을 흩뿌리고 때론 미래에 대한 공포로 어두워지면서, 바람에 실려 사방으로 퍼져나가기에 앞서 꿈틀거리고 있었다.

사람들은 눈 덮인 피라미드가 보였다는 그 꿈을 떠올렸다. 언젠가 피라미드가 온 세상에 자신의 이미지를 투사할 것임을 처음으로 예언한 꿈이었다.

XV
해골더미

그 진정한 첫번째 화신. 피라미드는 거울을 통해 이미지를 반사하듯 아득히 먼 곳, 다른 시대에 제 화신을 던져놓았다. 아시아의 한 오지인 이스파한 인근 대초원에서, '절름발이 티무르'라는 절대군주가 쿠푸처럼 피라미드를 세웠다. 사람들의 머리통을 잘라 만든 것이었지만, 돌로 쌓은 피라미드와 자매인 듯 흡사했다.

이집트의 피라미드처럼 그것 역시 한 도면을 바탕으로 만들어졌고, 여러 면으로 이루어져 있었다. 이집트의 피라미드가 다양한 채석장에서 채취한 돌덩이들로 지어졌듯이, 칠만 개의 머리통 역시 단 한 번의 전쟁이나 대량학살로 모을 수는 없었던지라 투스 혹은 카라 투르가이 전장, 아니면 아크사라이, 타브리즈, 타츠 쿠르간의 대살육전에서 가져온 것들이었다. 이집트 검사관이 그랬던 것처럼 이 피라미드의 검사관도 머리통을 하나하나 확인했다. 남자의 머리통만 사용될 수 있었지만 머리통을 가져오는 자들이 속임수를 썼기 때문이다. 그들은 때로 손에 넣기 어려운 남자의 머리통 대신 여자의 머리통을 가져다 머리칼을 자르고 진흙탕 속에 담가 알아볼 수 없게 만든 뒤 수레에 싣곤 했다. 석수들은 회반죽을 사용했지만 설계가 카라 홀레그는 겨울의 악천후나 야수들이 염려되어 회반죽만으로는 만족하지 못하고 각 단의 해골들을 하나씩 꿰어 엮도록 했다. 그렇게 하면 폭풍우도 늑대도 낚아채지 못할 것이었다. 첫 열두 단이 그렇게 만들어졌고, 잇달아 스물두 단, 다시 스무 단이 만들어졌으며, 마지막으로 맨 위의 일곱 단이 완성되었다. 그렇게 머리통을 다 쓴 참에 정상에 올릴 머리통을 구해야 했는데, 하필 주변이 허허벌판인 상황에서 책임자들은 한 무리를 서둘러 찾아냈다. 그런 다음 모반행위를 했다는 의혹의 진위도 가리지 않은 채 설익은 과일 따듯 그들의 목을 베게 했고, 그렇게 그 구조물을 완성할 수 있었다. 설계가인 카라 홀레그가 선임자인 임호테프에 대해 생각보다 많이 알고 있다는 사실도 밝혀졌다. 피라미드 꼭대기는 관례대로 마무리해야 한다는 소견을 그가 군주에게 올린 걸 보면 말이다. 두 사람은 한바탕 웃음을 터뜨리며 범상치 않은 크기의 머리통을 찾기 시작했는데 하나도 찾지 못하다가 문득 몽카의 머리통을 떠올리게 되었다. 군부대를 따라다니던 자들 중 하나였던 몽카는 머리통이 커다란 바보였다. 그들은 이 바보를 불러다가 너를 왕자로 만들어주겠다고 말한 뒤 그의 머리통을 자르고 희희덕대며 녹인 납을 위에 부어서는 피라미드 정상에 올려놓았다.

군대가 이스파한에서 철수하자 무시무시한 기념비가 한복판에 우뚝

서 있는 대초원은 더한층 적막해 보였다. 갈까마귀와 까마귀들이 그 위를 맴돌다 쏜살같이 달려들어 머리통들의 눈을 쪼았다. 카라 홀레그의 지시에 따라 석수들이 조심스레 바깥쪽으로 얼굴을 돌려둔 머리통들이었다.

그해에는 서리가 평소보다 일찍 내렸다. 핏자국은 이미 비에 말끔히 씻긴 지 오래였고, 이른 서리가 피라미드 측면, 특히 북쪽 면을 덮기 시작했다. 겨울 폭풍우에도 피라미드는 말짱했다. 납을 씌운 바보의 머리통이 어느 날 벼락을 끌어당긴 걸 제외하고는 말이다. 놀랍게도 머리통은 벼락에 상처 하나 입지 않고 그저 금속만 녹아내렸다. 양쪽 관자놀이를 타고 작은 날개 모양으로 흘러내린 금속이 눈구멍 속으로 방울방울 떨어져 신들의 전유물인 몽롱하고 텅 빈 표정을 만들어냈다.

피라미드는 두 차례나 눈에 덮였다. 그러다 겨울이 지나가고 3월의 춘풍이 불자 색깔이 다시 짙어지면서 머리와 얼굴의 털이 모습을 드러냈다. 아시아를 찾은 순례자들은 이 광경에 대부분 기겁을 했지만, 세계사를 섭렵한 이들은 이 털들이 결코 우연의 소산이 아니라고 단언했다. 사천 년 전에 순교한 어느 예언자의 예언대로라면 피라미드는 어느 날 수염으로 뒤덮일 것이었으니까. 적어도 항간에 나도는 소문으로는 그랬고, 심지어 그와 관련된 노래들도 존재했다. 모두가 확신하기에 그 소문은 우연히 발견된 어떤 파피루스에서 비롯된바, 예심판사가 바보 세트카에게 했다는 심문이 기록되어 있는 문서였다.

그동안 대초원의 야수들은 피라미드 주변을 밤새 어슬렁거리다 뜯어낸 털뭉치를 입안에 가득 문 채 윙윙대는 바람을 맞으며 투르크메니스탄의 평원을 달렸다. 칸다하르의 사막을 지나, 더 멀리 몽골의 대초원들을 가로질러.

그는 이 광경에 익숙해졌고, 그가 야영을 하는 벌판마다 사람들은 그를 위해 서둘러 머리통을 무더기로 쌓았다. 이집트의 파라오들처럼 그는 자신의 아들들과 손자들 역시 피라미드를 쌓도록 했으며, 나중에는 군대의 장수들에게까지 그것을 허락했다. 그렇게 해서 수백 개의 피라미드가 만들어졌고, 이것들은 엄청난 공포를 확산시키며 매 원정 때마다 없어서는 안 될 요소가 되었다. 아직 수천 개의 눈을 과시하는 새로운 머리 더미가 만들어지는 동안 두세 해 전에 만들어진 다른 더미들은 이미 해골더미가 되어 있었다. 하지만 눈이 사라지고 눈구멍만 남아도 치아는 여전히 보전되어 예언이 조목조목 맞아떨어짐을 증명했다.

무수한 군대 막사 안에서, 또 이 군대의 위협을 받는 더 많은 도시와 국가들에서, 이스파한의 피라미드들은 엄청난 공포와 외경을 불러일으키며 사람들 입에 오르내렸다. 그 규모나 건축에 소요되는 시간, 최근에 지어진 건축물이라는 사실을 두고 보면, 쿠푸의 돌덩이들과는 비교도 안 될 만큼 보잘것없는 것이긴 했다. 그럼에도 불구하고 진짜 피라미드는 이스파한의 피라미드요, 이집트의 돌더미는 생기 없는 비대한 복제품에 지나지 않는다는 인식이 지배적이었다.

이스파한의 피라미드야말로 생기 넘치는 곧고 견고한 자태를 과시했다. 번개처럼 공포심을 유발하면서도 잡다한 소문에 휘말리지 않았고, 거추장스러운 경의의 표시에 시달릴 필요도 없었다. 또한 인간들의 머리를 말 그대로 단 몇 시간 안에, 대학살이 지속되는 동안 먹어치웠다. 몇 년 혹은 몇십 년의 세월을 끌 필요도 없었다. 무수한 서류에

파묻혀 수사를 진행하고 식량 배급을 감축하면서 불안과 좌절의 나날을 보낼 필요도 없었다. 그것은 금강석 같은 밀도 탓에 눈이 부셨고 그 건축을 주도한 개념 또한 그러했으니, 음유시인들과 뒤이은 사마르칸트의 현자들은 이스파한의 대초원에서 최초의 진짜 피라미드가 탄생했다고 선언하기에 이르렀다. 대응물인 이집트의 피라미드는 후세의 조악한 모조품에 불과하다고. 언뜻 듣기엔 기이하달 수 있는 확언이었으나 샤먼들의 춤곡을 주의깊게 들어보면 이해가 되었다. 시간이 어느 방향으로 흐르는지 아무도 말할 수 없는 일이고 보면 사람과 사물의 나이 역시 규정할 수 없고, 그들이 세상에 온 순서는 말할 것도 없다는 것. 그러니 누가 아버지이고 누가 아들인지 누가 알겠는가.

행군 도중에 티무르는 이스파한이 그의 군대 한 측면에 자리한다는 사실을 떠올렸다. 어떤 직감에 이끌린 그는 자신의 피라미드를 다시 한번 보고 싶었다. 피라미드는 웬지 위축된 모습이었다. 납을 씌운 바보의 머리는 부분적으로 금이 가 있었고, 아래 단들의 턱들은 야수들에 의해 모조리 뜯겨나간 상태였다. 그래도 턱들은 그 어느 때보다 굳게 다물어져 있었다. 피라미드가 온 세상을 협박했다 비웃었다 하는 것 같았다. 그는 이 피라미드에 닥칠 붕괴의 첫 조짐을 우울한 눈길로 바라보았다. 그것이 향후 네다섯 해는 더 버티겠지만 그 이상은 아니라는 말을 듣자 한숨이 새어나왔다. 저 이집트 어딘가에서는 텅 빈 껍질에 지나지 않은 그것이 사천 년을 견뎌왔고 앞으로도 사만 년은 더 버틸 텐데, 여기 있는 이 보물은 그의 아들 자한기르만큼이나 수명이 짧아 앞으로 살날이 사 년밖에 남지 않은 것이다.

그는 이집트가 있으리라 짐작되는 방향으로 눈길을 돌리며 고개를 절레절레 흔들었다. 두고 보라지, 그는 생각했다. 언젠가 행동을 개시해 지상에서 그 나라를, 그리고 그 모든 돌덩이들을 쓸어버리리라. 무엇보다 가장 높은 쿠푸의 피라미드를 초토화시키고, 그 괴상망측한 건축물이 있던 자리에 똑같은 머릿더미를 쌓으리라. 그래서 둘 중 어느 쪽이 진짜 피라미드이고 어느 쪽이 가짜 조형물에 지나지 않는지 만천하에 증명해 보이리라.

하지만 당장은 그곳으로 떠날 수 없었다. 중국 원정을 눈앞에 두고 있는데다 올해는 겨울이 일찍 찾아온 터였다. 그가 별로 좋아하지 않는 개의 해이기도 했다. 시르다리야강은 절반이 빙판이었고 그 자신도 몸 상태가 좋지 않았다. 그럼에도 마음은 불가능한 시도들 쪽으로 쏠렸다. 수년 전에 있었던 시베리아 원정 때처럼. 그땐 마법사들의 공포에 질린 기도에도 불구하고 밤에도 어둠이 내리지 않았다. 북극광이라는 것이 시작되었기 때문이었다. 당시는 쥐의 해였다. 오묘한 역법을 깨치려고 머리를 쥐어짰건만, 이어지는 낮과 밤은 마치 근친 결합의 소산인 발육부전의 태아 같았었다.

그때처럼 신열이 느껴졌다. 보다 단순한 것들에 정신을 집중하고 싶었다. 예컨대 비가 오는 날에는 무슨 일이 있어도 첫 대결을 피한다든지 하는. 활이 비에 젖어 정확성을 잃고 말았던 시자브키르전戰과 같은 전철을 밟아서는 안 되었으니까. 그렇게 구체적이고도 선명한 다른 일들에 생각이 미치는가 싶더니, 더미를 이룬 머리통들이 다시금 그 생각을 눌러버렸다. 바보의 머리가 뒤집어쓴 납의 짙은 반사광도 그랬지만 머리통들을 꿰뚫고 지나가는 철삿줄에 그는 더한층 마음이 빼앗겨 있었다. 무엇보다 그가 보고받은바 그것들 사이를 지그재그로, 뱀보다 더 잽싸게 달린 벼락에……

머리통을 뚫고 지나가는 철삿줄과 벼락과 그 자신이 내린 명령들에 대한 생각이 그의 머릿속에서 형상화되려는 듯하다가 이내 흩어져버렸다. 시베리아 원정 당시 내내 그랬던 것처럼.

확실히 열이 있었다. 죽음이 오트라르 땅에서 그를 기다리고 있다는 생각이 들었다. 하지만 그건 죽음의 가면에 불과했다. 그가 두려워하는 죽음은 다른 것이었다. 경작되지 않은 질퍽한 땅이 펼쳐지고 골풀들이 몽골의 수도승들처럼 드문드문 보이는 곳, 왕국의 외곽에서 평상시 그를 따라다니는 죽음이었다.

XVI
에필로그:
유리의 안쪽

티무르의 장례식이 있은 뒤에는 아무도 해골더미를 재정비하겠다는 생각을 하지 않았다. 백만 개가량의 머리로 이루어진 아홉 개도 넘던 더미는 수년이 지나자 완전히 사라져버렸다. 머리의 무른 부분이 부패하자 우선 회반죽에 균열이 생기기 시작했고, 연이어 철삿줄이 녹슬고 끊어지면서 더미 전체가 무너져내렸다. 겨울바람이, 특히 야수들이 단들을 하나씩 뜯어내더니 종내 아무것도 남지 않았다. 그렇게 무無로 화한 이 건축물들은 사람들의 기억 속에서 더 높고 끔찍한 무언가가 되어 있었다. 그제야 사람들은 그 모두의 모체인 쿠푸의 피라미드가 그렇게 살아남음으로써 잃어버린 것이 무엇인지 가늠할 수 있게 되었다.

이글거리는 태양 아래 쿠푸의 피라미드는 변함없는 생식력을 과시했지만 그것이 낳은 자식들을 구별하기란 쉽지 않았다. 이 자식들은 다른 나라 다른 시대에 역사적인 기념비나 체제의 형태로 등장했다. 그들이 본디 사막 한복판에서 잉태되었다는 사실이 도무지 믿기지 않았다. 그런데 항시 익명의 보호를 받고 있는 그들이 딱 두 번, 끔찍한 가면을 벗어던지거나 아니면 실수로 그 가면을 떨어트린 사람처럼 백주에 모습을 드러내는 실수를 범했다. 첫번째 등장은 '절름발이 티무르'가 쌓은 해골기둥들이었고, 그후 육백 년이 지나 일리리아인들의 땅—이제는 그들의 후손에게 알바니아라는 이름으로 귀속된—에서 두번째 등장이 이루어졌다. 고대인들이 상상하기에, 어떤 우주적 교합이 이루어지는 동안 유유히 흩어진 정자와 난자들로부터 무수한 피조물과 천상의 육신들이 탄생했으니, 그 늙은 피라미드 역시 그런 교합을 통해 수천, 아니 수십만의 자손을 퍼뜨린 것이다. 이른바 벙커라는 것들로,* 그것들은 모체에 비하면 하나하나가 턱없이 초라했음에도 모체가 불러일으킨 공포를 그대로 전달했고 그 광기마저 빼닮아 있었다. 오래전 카라 홀레그가 짜낸 원칙대로, 그것들 역시 철근이 콘크리트를 꿰뚫고 지나갔다. 궁둥이에 새겨진 부대라는 말로 증명된바, 이 벙커들은 모체인 피라미드뿐 아니라 해골기둥들과도 유대를 맺고 있었다. 단 하나의 생각으로 모두의 뇌를 연결시키자는 그 오래된 꿈 역시, 오로지 사람들의 머릿속을 뚫고 지나며 그것들을 하나되게 하는 이 철근을 통해 실현될 수 있었던 셈이다.

피라미드의 등장은 주기적으로 이루어졌지만 그것들이 태어난 순간

---

* 실제로 알바니아에는 75만 개에 달하는 벙커가 있다. 엔베르 호자가 외적의 침략에 맞선다는 명목으로 알바니아 전역에 배치한 이 벙커들은, 이제 숙박 혹은 관광용으로 리모델링된 것들을 제외하고는, 흉물스럽게 녹슬어가거나 무너져내리고 있다.

이 정확히 언제인지는 아무도 단언하지 못했다. 그렇게 일어나는 일이 미래인지, 아니면 가재처럼 뒷걸음쳐 움직이는 과거인지조차 아무도 분명히 말할 수 없었다. 결국 사람들은 과거도 미래도 그들의 상상과는 다른 것일지 모른다는 생각을 하게 되었다. 양쪽 다, 종착역에 이른 지하철 열차처럼 운행 방향을 바꿀 수 있었으니까.

어느 날 아침, 피라미드 사진을 찍던 한 금발의 관광객이 간절히 기원했다. 저 물체가 투명해지게 해달라고. 그래서 유리면 안쪽의 석관과 미라를, 풀리지 않는 수수께끼를 모조리 볼 수 있게 해달라고. 날이 밝자 피라미드는 점점 더 흐릿하고 모호한 형체가 되어갔다. 그는 시시각각 자신의 영혼이 전율하고 있음을 느꼈다. 접신의 현장에서 유령의 사진을 찍으려고 기다리는 사람처럼.

바로 그날 저녁 그는 필름을 현상했다. 피라미드는 유리제품을 꼭 닮아 있었다. 단 한 군데, 북동쪽 사면 아홉번째 단 근처에 보이는 무슨 긁힌 자국을 제외하고는. 그는 필름을 현상액에서 꺼냈다가 다시 담갔다. 천 년, 이천 년, 사천 년의 깊이 속으로…… 하지만 필름을 다시 꺼내보아도 긁힌 자국은 여전히 남아 있었다. 처음에 생각했던, 필름 자체의 결함이 아니었다. 그것은 핏자국이었다. 어떤 물, 어떤 용액으로도 지울 수 없는.

티라나~파리, 1988~1992.

피라미드, 그 유혹과 기만, 대가에 대하여

알바니아 작가 이스마일 카다레가 『피라미드 *Piramida*』(1992)를 쓰기 시작한 1988년은, 알바니아에서 공산주의 정치가 엔베르 호자 (1908~1985)와 그 체제를 기념하기 위해 만든 호자박물관이 문을 연 해이기도 하다. 이 박물관은 건축가였던 호자의 딸이 알바니아의 수도 티라나에 이집트의 피라미드를 모방해 만든 건물인데, 지금은 도심의 흉물로 변해 놀이나 행사의 장소로 활용되는 정도다.

실제로 『피라미드』를 이해하려면 작가가 20세기 후반 알바니아를 통치한 엔베르 호자 독재체제와 맺고 있던 복잡한 관계를 이해해야 할 것이다. 알바니아는 전후 공산주의가 붕괴되기 전 유럽에서 가장 고립되고 억압적인 공산주의체제를 유지했던 국가였고, 카다레는 1990년 프랑스로 망명하기 전까지 그런 체제를 몸소 경험하며 그 체제 속에서

글을 쓴 작가였으니 말이다. 『피라미드』는 그의 망명지 파리에서 완성되어 1992년 같은 해에 알바니아어와 프랑스어로 출간되었는데, 작가에겐 특별했을 이 시기에 그가 역사적으로 까마득히 먼 나라인 고대이집트를 끌어와 소설을 쓰게 된 근거는 무엇이었을까? 그리고 이집트의 피라미드를 소재로 한 이 이야기가 우리에게 특별한 공감과 울림을 주는 까닭은 또 무엇일까?

소설의 배경은 기원전 2600년경의 이집트이며, 파라오로 등극한 쿠푸의 통치가 시작되는 시점이다. 새 파라오는 더이상 피라미드를 만들지 않겠다고 선언한다. 이런 쿠푸의 결정이 그의 측근들에게는 끔찍한 재앙처럼 여겨지는데, 피라미드는 단지 파라오의 무덤일 뿐 아니라 백성을 통치하기 위한 은밀한 수단이기 때문이다. 엄청난 시간과 경비와 노동력이 요구되는 과업인 피라미드 건축은 역설적이게도 국가의 번영을 막는 데 그 목적을 두고 있음이 밝혀진다. 풍요로움에 사람들이 더 독립적이고 자유로운 정신을 갖게 되어 파라오의 힘에 저항할 수 있겠기에 해결책을 마련해야 했던 것이다. 애초에 피라미드를 원치 않았던 쿠푸가 그 사정을 파악한 뒤에는 일찍이 존재하지 않았던 가장 큰 피라미드를 만들게 되는데, 이것이 이 이야기에 처음부터 등장하는 아이러니이다. 사람들은 우선 들뜨고 고양된 감정을 느끼지만 차츰 공포 분위기에 지배당하며 신음하게 된다. 무수한 사람들이 돌덩이에 깔려 죽고 잔혹한 숙청에 처해지며, 수톤에 달하는 수만 개의 돌들을 운반하고 쌓는 과정에서 소름 끼치는 공포와 불필요한 죽음이 야기된다. 그렇게 피라미드는 쿠푸의 시신을 집어삼키기 전에 이집트 전체를 소진시킨다. 그 결과, 인간이 만든 불가사의한 건축물인 기자의 피라미드가 완성된다.

카다레는 이런 피라미드의 건축과정을 건조한 문체와 서술방식으로 묘사해나간다. 특히 '건축 일지'라는 장에서는 보고 형식의 내용들을 되풀이하며 건축을 둘러싼 세부적인 사항들을 지루하게 나열하는데, 이러한 내러티브는 묘한 최면성을 지닌다. 이스마일 카다레가 기원전 26세기 이집트의 피라미드 건축을 소재로 소설을 썼다는 건 첫눈에 다소 의아해 보일 수 있겠지만, 독자는 곧 『피라미드』 역시 작가 고유의 흔적이 뚜렷이 새겨져 있는 소설임을 알게 된다. 『피라미드』는 역사소설이 아니며, 작가는 고대이집트를 묘사하거나 상술하고 있지 않다. 그리고 형식 면에서 그렇듯 내용 면에서도 켜켜이 다중의 의미를 감춘 채 전체주의의 가혹함을 끈질기게 암시한다. 기원전 2600년경 이집트에 비밀경찰이 있었을까? 아마도 없었을 것이다. 쿠푸 외의 등장인물들(수메르 대사든 자쿠브 하르든 도굴꾼들이든) 모두가 작가의 손에서 빚어진 순전한 허구이다. 요컨대 『피라미드』는 역사적인 정확성을 바탕으로 한 책이 아니며, 작가는 이집트의 피라미드와 그 건축과정을 탈역사적인 버전 속에서 다루고 있다. 말하자면 이 소설은 고대이집트를 배경으로 한 경찰국가의 이야기인 셈이다. 즉 모든 시대와 모든 국가에 적용되는 이야기로서, 독재자가 다스리는 전체주의 사회의 유혹과 악을 묘사한 범세계적인 메시지를 담은 작품이다. 그러니까 방만한 국가권력이 행사하는 공포와 그 참상에 대한 참으로 인상적인 탐색이 들어 있는 반전체주의, 반공산주의 알레고리라 할 수 있다.

피라미드가 완성되고 쿠푸가 죽은 뒤에도 고문과 억압은 계속된다. 쿠푸의 피라미드가 완성되자 다른 이들도 같은 일을 시도한다. 책의 말미에 이르면 이야기는 수세기를 건너뛰어 '절름발이 티무르'가 중앙아시아에 세운 칠만 개의 해골더미 피라미드를 등장시킨다. 쿠푸는 돌을 쌓아 피라미드를 만들며 사람들의 심신을 짓이겼지만, 나중에 나타난 이는 더 직접적으로 사람들의 머리통을 잘라 피라미드를 만드는 것이다.

『피라미드』에서 카다레는 전체주의 체제가 그 힘을 유지하기 위해 사용하는 교묘하고도 악랄한 전략들을 비롯해, 그가 간파한 독재자의 심리를 묘사한다. 그러나 이 모두는 단정적인 말이나 상세한 묘사가 아닌 작가의 우울한 위트와 가볍고 익살스러운 스토리텔링을 통해 전달된다. 실제로 카다레의 작품들에 등장하는 독재자들은 어김없이 지적이고 로맨틱한 면을 지닌 캐릭터들로 그려지는데, 파라오 쿠푸가 그렇고 '절름발이 티무르'도 예외가 아니다. 이런 캐릭터들의 편집증과 균열의 틈새로 무수한 죽음을 야기하는 광기가 끼어든다. 그런데 『피라미드』에 숨겨진 궁극적인 아이러니는, 이 건축물의 최종적인 희생자가 쿠푸 자신이라는 사실이다. 그의 짧은 삶은 돌 속에 영원히 매장될 터이며, 피라미드는 이 진실을 지속적으로 일깨워주는 그 개인의 '메멘토 모리'인 것이다.

이 소설에는 전통적인 의미의 플롯이나 갈등이 없고, 주인공도 없다. 스토리는 비개인적이고 비인격적인 분위기에서 전개된다. 작가는

그의 전작들(『돌의 연대기』『죽은 군대의 장군』)에서처럼 돌들이 넘쳐
나고 죽음의 그림자가 드리운 세계를 환각처럼 그려낸다. 사방에 널린
돌처럼, 작품 전체에 시종일관 죽음이 만연해 있다. 시간 역시, 몇 달,
몇 년의 단위로 측정되지 않고 수만 개에 달하는 수톤 무게의 돌들과
그것들을 운반하고 쌓아가는 과정에서 야기되는 무수한 주검의 수로
측정된다.

『피라미드』는 권력의 오용과 그와 연관된 모든 이들에게 닥치는 공
허한 결말을 보여주는 소설이다. 그러기 위해 작가는 고대이집트라는
시간적 공간 속에서 우리 시대와도 놀랄 만큼 연관성 있는 이야기를
만들어낸다. 정교하게 끼워맞춰진 이 우화의 조각난 내러티브에서 의
미를 구축해나가는 건 독자들의 몫일 것이다.
　사천육백 년의 세월이 흐르도록 인간은 별로 변한 것이 없음을 함축
해주는 이 이야기에서, 우리 시대 이 순간에도 만연한 온갖 전체주의
이데올로기와 그것들이 만들어내는 눈에 보이지 않는 피라미드를 생
각해보지 않을 수 없다. 그 안에 자리한 맹목과 기만, 유혹, 그 대가에
대해서도.

이창실

1936년   1월 28일 알바니아 남부, 지로카스트라에서 태어남. 초중등
　　　　　　 교육과정을 지로카스트라에서 마친 후 티라나대학교에서 언
　　　　　　 어학과 문학을 공부함.

1956년   교사 자격증 취득.

1958~1960년 모스크바에 있는 고리키문학연구소에서 공부함.

1960년   알바니아가 소련과 외교관계를 단절하자 알바니아로 귀국.
　　　　　　 문학잡지 〈드리타*Drita*〉에서 근무하며 작품활동 시작.

1963년   첫 장편소설 『죽은 군대의 장군 *Gjenerali i ushtrisë së*
　　　　　　 vdekur』 발표.

1964년   시집 『이 산들은 무슨 생각을 할까 *Përse mendohen këto*
　　　　　　 male』 발표.

1968년   장편소설 『결혼 *Dasma*』 발표.

1970년   장편소설 『성 *Kështjella*』 발표. 프랑스어판 『죽은 군대의 장
　　　　　　 군 *Le Général de l'armée morte*』 출간. 알바니아 인민회의
　　　　　　 의원으로 선출됨.

1971년   장편소설 『돌의 연대기 *Kronikë në gur*』 발표.

1972년   알바니아 노동당 가입.

1973년   프랑스어판 『돌의 연대기 *Chronique de la ville de pierre*』
　　　　　　 출간.

1975년   장편소설 『어느 수도의 11월 *Nëntori i një kryeqyteti*』 발표.

1977년   장편소설 『위대한 겨울 *Dimri i madh*』 발표.

1978년   장편소설 『세 개의 아치가 있는 다리 *Ura me tri harqe*』 『위

대한 파샤*Pashallëqet e mëdha*』 발표. 프랑스어판 『위대한
겨울*Le Grand hiver*』 출간.

1980년   장편소설 『부서진 사월*Prilli i thyer*』 『누가 도룬틴을 데려왔
나?*Kush e solli Doruntinën*』 『우울한 해*Viti i mbrapshtë*』
발표.

1981년   장편소설 『꿈의 궁전*Pallatit të ëndrrave*』 발표. 오스만제
국의 수도를 배경으로 우화와 알레고리 기법을 통해 전제주
의를 비판한 작품으로, 발표 즉시 출간 금지됨. 장편소설 『H
파일*Dosja H*』 발표. 프랑스어판 『부서진 사월*Avril brisé*』
『세 개의 아치가 있는 다리*Le Pont aux trois arches*』 출간.

1984년   『위대한 파샤』가 프랑스어판 『치욕의 둥지*La Niche de la
honte*』로 제목이 바뀌어 출간됨.

1985년   장편소설 『달빛*Nata me bënë*』 발표. 『성』이 프랑스어판 『비
의 북소리*Les Tambours de la pluie*』로 제목이 바뀌어 출간됨.

1986년   프랑스어판 『누가 도룬틴을 데려왔나?*Qui a ramené
Doruntine?*』 출간.

1987년   프랑스어판 『우울한 해*L'Année noire*』 출간.

1988년   『콘서트*Koncert në fund të dimrit*』 발표. 프랑스어판 『콘서
트*Le Concert*』 출간. 1970년대 중국과 알바니아의 관계를
다룬 작품으로, 1978~1981년에 집필되었으나 검열에 걸려
출간 금지됨. 프랑스 문학잡지 〈리르〉에서 그해 최고의 소설
로 선정됨.

1989년   프랑스어판 『H 파일*Le Dossier H*』 출간.

1990년   공산주의 독재체제에 위협을 느껴 프랑스로 망명함. 프랑스
어판 『꿈의 궁전*Le Palais des rêves*』 출간.

1991년   장편소설 『괴물*Përbindëshi*』 발표. 1965년 단편으로 출간되
었으나 검열에 걸려 빛을 보지 못하다가 이후 장편으로 개작

해 재출간. 프랑스어판『괴물Le Monstre』 출간.

1992년 치노델두카 국제상 수상. 장편소설『피라미드Piramida』 발표. 프랑스어판『피라미드La Pyramide』 출간, 이듬해 지중해문학상 해외문학 부문 수상.

1993년 프랑스 파야르출판사에서 '이스마일 카다레 전집'을 출간하기 시작함(2004년까지 총 12권 출간). 프랑스어판『달빛Clair de lune』 출간.

1994년 장편소설『그림자Hija』 발표(집필은 1984~1986년). 프랑스어판『그림자L'Ombre』 출간.

1995년 장편소설『독수리Shkaba』, 에세이『알바니아, 발칸반도의 얼굴Albanie, Visage des Balkans』 발표.

1996년 프랑스 학사원의 하나인 아카데미데시앙스모랄에폴리티크의 평생회원으로 선출됨. 프랑스 레지옹도뇌르(오피시에) 훈장 수훈. 산문집『알랭 보스케와의 대화Dialog me Alain Bosquet』, 장편소설『스피리투스Spiritus』 발표. 프랑스어판『독수리L'Aigle』『스피리투스Spiritus』 출간.

1997년 에세이『천사의 사촌Kushëriri i engjëjve』 발표.

1998년 단편집『코소보를 위한 세 편의 애가Tri këngë zie për Kosovën』 발표. 모스크바 유학 시절 발표한 습작품『간판 없는 도시La ville sans enseignes』 출간.

1999년 소설집『남쪽으로 날아가는 철새Ikja e shtërgut』 발표.

2000년 장편소설『사월의 서리꽃Lulet e ftohta të marsit』 발표.

2002년 장편소설『룰 마즈렉의 삶, 게임 그리고 죽음Jeta, loja dhe vdekja e Lul Mazrekut』 발표.

2003년 장편소설『아가멤논의 딸Vajza e Agamemnonit』(집필은 1985년)과 이 소설의 속편 격인『누가 후계자를 죽였는가Pasardhësi』 발표. 프랑스어판『아가멤논의 딸La Fille *d'Agamemnon*』『누가 후계자를 죽였는가*Le Successeur*』 출간.

2005년   제1회 맨부커 인터내셔널상 수상. 소설집『광기의 풍토 *Cështje të marrëzisë*』발표. 프랑스어판『광기의 풍토*Un Climat de folie*』출간.

2006년   에세이『햄릿, 불가능의 왕자*Hamleti, princi i vështire*』발표.

2007년   프랑스어판『햄릿, 불가능의 왕자*Hamlet, ce prince impossible*』출간.

2008년   장편소설『사고*L'Accident*』(프랑스에서 먼저 출간됨),『잘 못된 만찬*Darka e gabuar*』발표.

2009년   스페인의 아스투리아스 왕세자상(문학 부문) 수상. 장편소 설『떠나지 못하는 여자*E Penguara*』발표. 프랑스어판『잘 못된 만찬*Le Dîner de trop*』출간.

2010년   알바니아에서『사고*Aksidenti*』출간. 프랑스어판『떠나지 못 하는 여자*L'Entravée*』출간.

2013년   단편집『12월 어느 오후의 빛나는 대화*Bisedë për brilantet në pasditen e dhjetorit*』발표.

2014년   장편소설『티라나의 안개*Mjegullat e Tiranës*』출간(집필은 1957~1958년). 에세이『카페 로스탕에서의 아침*Mëngjeset në Kafe Rostand*』발표.

2015년   장편소설『인형*Kukulla*』발표. 프랑스어판『인형*La Poupée*』출간.

2016년   프랑스 레지옹도뇌르(코망되르) 훈장 수훈.

2017년   프랑스어판『카페 로스탕에서의 아침*Matinées au Café Rostand*』출간.

2019년   제9회 박경리문학상 수상.

2020년   노이슈타트 국제문학상 수상. 발칸반도 문학을 알린 공로로

프로자트상 수상.

2022년   장편소설 『정상 다툼 *Disputes au sommet*』 출간.

문학동네 세계문학전집 발간에 부쳐

　세계문학은 국민문학 혹은 지역문학을 떠나 존재하는 문학이 아니지만 그것들의 총합도 아니다. 세계문학이라는 용어에는 그 나름의 언어와 전통을 갖고 있는 국민문학이나 지역문학의 존재를 인정하면서 그것을 넘어서는 문학의 보편적 질서에 대한 관념이 새겨져 있다. 그 용어를 처음 고안한 19세기 유럽인들은 유럽문학을 중심으로 그 질서를 구축했지만 풍부한 국민문학의 전통을 가지고 있는 현대의 문학 강국들은 나름의 방식으로 세계문학을 이해하면서 정전(正典)의 목록을 작성하고 또 수정한다.

　한국에서도 세계문학 관념은 우리 사회와 문화의 변화 속에서 거듭 수정돼왔다. 어느 시기에는 제국 일본의 교양주의를 반영한 세계문학 관념이, 어느 시기에는 제3세계 민족주의에 동조한 세계문학 관념이 출현했고, 그러한 관념을 실천한 전집물이 출판됐다. 21세기 한국에 새로운 세계문학전집이 필요하다는 것은 명백하다. 우리의 지성과 감성의 기준에 부합하는 세계문학을 다시 구상할 때가 되었다.

　문학동네 세계문학전집은 범세계적으로 통용되는 고전에 대한 상식을 존중하면서도 지난 반세기 동안 해외 주요 언어권에서 창작과 연구의 진전에 따라 일어난 정전의 변동을 고려하여 편성되었다. 그래서 불멸의 명작은 물론 동시대 세계의 중요한 정치·문화적 실천에 영감을 준 새로운 작품들을 두루 포함시켰다.

　창립 이후 지금까지 한국문학 및 번역문학 출판에서 가장 전문적이고 생산적인 그룹을 대표해온 문학동네가 그간 축적한 문학 출판 경험을 바탕으로 새로운 세계문학전집을 펴낸다. 인류가 무지와 몽매의 어둠 속을 방황하면서도 끝내 길을 잃지 않은 것은 세계문학사의 하늘에 떠 있는 빛나는 별들이 길잡이가 되어주었기 때문이다. 우리가 자부심과 사명감 속에서 그리게 될 이 새로운 별자리가 독자들의 관심과 애정에 힘입어 우리 모두의 뿌듯한 자산이 되기를 소망한다.

문학동네 세계문학전집 편집위원
민은경, 박유하, 변현태, 송병선, 이재룡, 홍길표, 남진우, 황종연

지은이 **이스마일 카다레**
1936년 알바니아 남부 지로카스트라에서 태어났다. 티라나대학교에서 언어학과 문학을 공부했고, 모스크바의 고리키문학연구소에서 수학했다. 1963년 첫 장편소설 『죽은 군대의 장군』을 발표한 이후, 『돌의 연대기』 『부서진 사월』 『꿈의 궁전』 『H 파일』 『광기의 풍토』 등을 펴냈다. 독재정권 치하에 있던 알바니아의 현실을 여러 신화와 전설, 구전민담 등에 빗대어 자유롭게 변주하며 암울한 조국의 현실을 우화적으로 그려내는 자신만의 독특한 문학세계를 구축했다. 1990년 프랑스로 망명해 현재까지 왕성한 작품활동을 하고 있으며, 수차례 노벨상 후보에 올랐다. 2005년 제1회 맨부커 인터내셔널상, 2009년 아스투리아스 왕세자상(문학 부문), 2019년 제9회 박경리문학상, 2020년 노이슈타트 국제문학상 등을 수상했다.

옮긴이 **이창실**
이화여자대학교 영어영문학과를 졸업하고, 프랑스 스트라스부르대학 응용언어학 과정을 이수한 뒤, 이화여자대학교 통번역대학원 한불과를 졸업했다. 이스마일 카다레, 실비 제르맹, 크리스티앙 보뱅의 책들을 우리말로 옮겼다.

세계문학전집 212
피라미드

초판 인쇄 2022년 5월 13일
초판 발행 2022년 5월 27일

지은이 이스마일 카다레 | 옮긴이 이창실

책임편집 송지선 | 편집 박아름 홍상희 오동규
디자인 김이정 이원경 | 저작권 박지영 형소진 이영은 김하림
마케팅 정민호 이숙재 박치우 한민아 김혜연 이가을 박지영 안남영 김수현 정경주
브랜딩 함유지 함근아 김희숙 정승민
제작 강신은 김동욱 임현식 | 제작처 영신사

펴낸곳 (주)문학동네 | 펴낸이 김소영
출판등록 1993년 10월 22일 제2003-000045호
주소 10881 경기도 파주시 회동길 210
전자우편 editor@munhak.com | 대표전화 031) 955-8888 | 팩스 031) 955-8855
문의전화 031) 955-3578(마케팅) 031) 955-2686(편집)
문학동네카페 http://cafe.naver.com/mhdn | 트위터 @munhakdongne
북클럽문학동네 http://bookclubmunhak.com

ISBN 978-89-546-8687-7 04860
      978-89-546-0901-2 (세트)

www.munhak.com

● 문학동네 세계문학전집은 계속 출간됩니다